Você precisa de um gato

KIYOSHI SHIGEMATSU

Você precisa de um gato

Tradução do japonês
Tomoko Gaudioso

1ª edição

BERTRAND BRASIL
Rio de Janeiro | 2025

CIP-BRASIL. CATALOGAÇÃO NA PUBLICAÇÃO
SINDICATO NACIONAL DOS EDITORES DE LIVROS, RJ

S558v Shigematsu, Kiyoshi
Você precisa de um gato / Kiyoshi Shigematsu ; tradução
Tomoko Gaudioso. - 1. ed. - Rio de Janeiro :
Bertrand Brasil, 2025.

Tradução de: ブランケット・キャッツ
ISBN 978-65-5838-384-0

1. Ficção japonesa. I. Gaudioso, Tomoko. II. Título.

CDD: 895.63
25-98161.1 CDU: 82-3(520)

Gabriela Faray Ferreira Lopes - Bibliotecária - CRB-7/6643

Texto revisado segundo o Acordo Ortográfico da Língua Portuguesa de 1990.

EDITORA BERTRAND BRASIL LTDA.
Rua Argentina, 171 — 3º andar — São Cristóvão
20921-380 — Rio de Janeiro — RJ
Tel.: (21) 2585-2000,
que se reserva a propriedade literária desta tradução.

Seja um leitor preferencial.
Cadastre-se no site www.record.com.br
e receba informações sobre nossos
lançamentos e nossas promoções.

Atendimento e venda direta ao leitor:
sac@record.com.br

EDITORA AFILIADA

A gata que tinha alergia a pólen

1

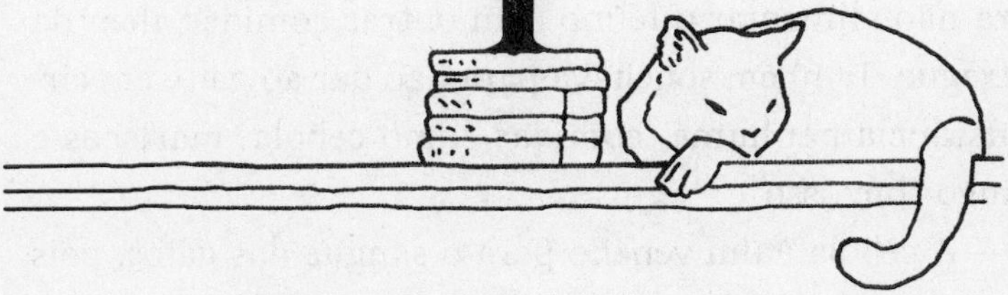

O tempo padrão era de três dias. Três dias com dois pernoites.

— Sei que parece pouco tempo...

Era o que o gerente do pet shop sempre dizia para os clientes que haviam acabado de assinar contrato. Tanto o tom de voz quanto sua expressão eram sempre os mesmos.

— Se for mais tempo, cria-se um apego por parte do locatário. Além disso, os gatos ficariam preocupados, pensando que não voltariam mais para cá.

Não era permitido comprar os animais. Para alugar um gato novamente, era necessário o intervalo de um mês.

— Esses gatos estão disponíveis apenas para locação — dizia o gerente. O tom de voz tranquilo, mas categórico, que confirmava os termos do contrato era o mesmo de sempre.

A taxa não era nada barata. Somando o valor de locação por três dias ao pagamento da caução, que correspondia a várias vezes o valor do aluguel, facilmente atingia-se o preço da compra de um filhote de raça vendido ali.

Mesmo assim, a clientela era constante. Todos os sete gatos à disposição, ao retornarem à loja, descansavam em torno de uma ou duas noites e logo se dirigiam para suas novas casas para ficarem outros três dias fora.

Quando um gato saía da loja, o cliente também levava areia e ração. O gerente do pet shop alertava o locatário para não alimentar o felino com outras comidas além da entregue. Também solicitava para não dar ao gato, em circunstância nenhuma, comidas como cebola, mariscos e frango com osso.

— A cebola é um veneno para o sangue dos gatos, pois causa anemia. Quanto aos mariscos, eles afetam as orelhas. Começa com inchaço e vermelhidão, podendo chegar ao ponto de causar dermatite. Se ficar sem tratamento, há o risco de perder o local afetado. Já os ossos de frango, quando mastigados, racham e ficam pontudos, podendo perfurar a garganta ou os órgãos internos, e isso não seria nada bom.

Havia clientes que anotavam tudo; alguns concordavam com a cabeça, com expressão de espanto; outros ouviam a explicação em silêncio; e havia também aqueles que não prestavam atenção, achando que já sabiam de tudo... As reações eram variadas, mostrando que todos tinham experiências diferentes em relação ao cuidado de gatos.

Mesmo que o cliente não tivesse experiência nenhuma com felinos, o gerente do pet shop não deixava de atendê-lo. Para estes clientes, ele firmava o tom e repetia a explicação.

— Você não deve dormir com a gata. Quando for a hora de dormir, você deve deixar a manta como está na caixa de transporte e colocar a gata lá dentro. Não lave a manta de jeito nenhum, mesmo que esteja suja.

Gatos não gostavam de mudanças de ambiente. Logo, ser alugado vez após vez seria estressante para qualquer gato.

— Por isso... — disse o gerente, como se fosse um ritual corriqueiro. Era provável que, àquela altura, até mesmo o tempo de duração da explicação fosse o mesmo. — Usa-se essa manta.

Cada um dos sete gatos usava, desde que nasceu, a sua própria manta para dormir. Contanto que estivessem com ela, não importava o lugar, conseguiriam dormir tranquilamente.

— O senhor deve ter visto em mangás antigos alguma história em que uma personagem sempre viaja com o próprio travesseiro. É a mesma coisa — dizendo isso, ele riu alto, como lhe era de costume. — Então, aqui está a gata. Por favor, cuide bem dela. Dê bastante carinho.

O gerente do pet shop pegou a caixa transportadora, que estava em cima do balcão, e a estendeu para o cliente. Este, aparentando ter em torno de 45 anos, com expressão tensa, segurou a caixa contra o peito.

— Pode segurar pela alça. A caixa é resistente.

— Ah... desculpa.

— Não precisa se desculpar.

Pela primeira vez, o gerente do pet shop sorriu de forma espontânea. O cliente reposicionou a caixa transportadora, pegando-a pela alça e dando um sorriso desconcertado.

— Desculpa, é a primeira vez na vida que eu cuido de um gato...

— Fique tranquilo. Ela é dócil e amistosa com as pessoas. Espie pela janelinha da caixa. Ela é meio boba e muito fofa.

O cliente, ainda segurando a caixa, agachou-se e olhou lá dentro. A gata o encarava.

Enrolada na manta bege, a gata olhava para o cliente com uma cara bobinha. A pelagem era malhada em três cores — branco, alaranjado e preto —, como o cliente havia pedido.

— É muito bonitinha...

— Viu? — O gerente assentiu com a cabeça, contente. — Como tem apenas 1 ano, ainda mantém a aparência de filhote e, ao mesmo tempo, se comporta como adulta. É uma ótima gata.

O cliente assentiu e espiou o interior da caixa novamente. A gata ainda olhava para ele e deu um miado agudo.

— Desculpa incomodar... mas você ainda não me disse o nome dela.

— Que nome o senhor acha que combina? — perguntou o gerente, sem titubear.

— Como assim "combina"?

— O nome da gata. Pode colocar o que o senhor quiser. É só chamar pelo nome algumas vezes que ela decora.

— É mesmo?

— Sim. Ela é uma gata muitíssimo inteligente — disse o funcionário. — Mesmo que seja apenas por três dias, como ela vai ser sua gata, imagino que o senhor gostaria de dar pelo menos um nome a ela. Não gostaria?

Depois de sorrir, o gerente passou os olhos pelo contrato antes de inserir os dados no computador.

— Senhor... Ishida. Essa gata será integrante da sua família por três dias. Então, por favor, dê um bom nome a ela.

— Hum... Como vocês a chamam?

— Aqui a chamamos de Mikê, a tricolor. Não adianta colocarmos um nome pomposo. Converse com sua esposa e filhos e dê à gata um nome que combine com sua família.

Nesse momento, o telefone da loja tocou. Norio Ishida se despediu do gerente do pet shop, que foi atender à ligação telefônica, e saiu do estabelecimento.

No caminho em direção ao carro, que havia deixado no estacionamento, Norio virou-se e mirou novamente a placa do pet shop. Ao lado da inscrição comum a todas as lojas do ramo, havia os dizeres "Alugam-se gatos". Acima da palavra "gatos", via-se escrito, com letras sem muito espaço entre elas: "Blanket Cats".

Quando viu essa expressão na internet e quando entrou na loja, Norio não fazia ideia do que aquilo significava, mas, naquele momento, entendeu. "Blanket" eram as tais mantas. *Então, "Blanket Cats" quer dizer "Gatos com Manta"?*, pensou.

A caixa transportadora era mais pesada do que aparentava. Norio voltou a andar, tomando cuidado para não a balançar.

O céu estava limpo, com seu azul ofuscando a vista. Mal dava para ver as montanhas a distância.

Era primavera. Nos noticiários, dizia-se que, em vários pontos do oeste do Japão, no dia anterior, tinha sido encontrada areia amarela vinda do Deserto de Gobi. Mas essas areias vindas da China e da Mongólia, que atravessavam o Mar do Japão, não alcançavam Tóquio.

Na capital, os meios de comunicação emitiam, desde manhã cedo, um alerta sobre pólen de flores de carvalho. Os morros da periferia de Tóquio, região onde Norio morava, estavam cheios dessas árvores, todas plantadas para reflorestamento. Ele não tinha alergia a pólen, mas, de acordo com um colega de trabalho que sempre usava máscara nessa época, nos piores dias podia-se ver nitidamente a nuvem de pólen pairando no ar.

— É tipo aquilo que se vê nos mangás de *yokai*, aquelas histórias em quadrinhos em que aparecem fantasmas, em que a fumaça sai de uma fábrica, assume forma humana e ataca as pessoas — dizia o colega.

Norio, ao pensar nisso, ficou imaginando que cara seu colega faria ao saber da notícia e deu uma risadinha. Então, ouviu um espirro vindo da caixa.

Por um instante, se perguntou se gatos espirravam. Felinos também sofriam de alergia a pólen? Chocado com a possibilidade, Norio abriu a porta traseira do carro. Acomodou a caixa transportadora no chão do veículo e falou para a gata:

— Já, já chegamos.

Em resposta, a gata espirrou novamente. Porém, em vez de espirrar como um ser humano, fazendo *atchim*, a gata fazia um som parecido com *chuim*, como o roçar de tecidos.

— Será que você tem rinite alérgica? — perguntou Norio, em tom de desaprovação.

A felina só estreitou os olhos e continuou a espirrar. *Chuim, chuim.*

Norio seguiu com o carro para a autoestrada e, atravessando o centro da capital, chegou à cidade onde morava, na província de Chiba. Naquela tarde de sábado, a estrada estava tão vazia que o homem chegou a ficar desapontado. A ida ao pet shop levou quase duas horas por causa do congestionamento, porém, na volta, mesmo contando com a pausa para descansar, não levou nem uma hora.

Ele parou o carro na estação de trem mais próxima à sua casa e ligou para Yukie, sua esposa, imaginando que ela ainda estivesse em casa. Ela contou que estava dando uma voltinha para aproveitar o tempo ensolarado e que havia parado em uma cafeteria próximo à estação para esperar o marido voltar.

— Então, vou passar aí.

— Não tem problema? Vai deixar a gata no carro?

— Não, vou levá-la comigo.

— E pode entrar com animais em cafeterias?

— Ela estando dentro da caixa não seria problema, seria?

— Não sei. Vou perguntar ao gerente.

A voz de Yukie deu lugar a uma música de espera. Norio se recostou no assento e deu um suspiro.

Mesmo que fosse por apenas três dias e dois pernoites, era a primeira vez que o casal cuidaria de um gato. Na verdade, nenhum deles havia convivido com qualquer animal. Quando Norio já pensava, desanimado, que havia se precipitado em alugar um gato, a música parou.

— Disseram que, desde que a gata permaneça dentro da caixa, não tem problema.

— Certo! Já estou indo.

Ele encerrou a ligação, se virou e olhou a caixa. Mesmo sendo um local apertado, a gata estava quietinha lá dentro. Os espirros, que tinham sido contínuos desde a saída do pet shop, também haviam parado.

Norio ficou preocupado com a quietude da felina, e muitas perguntas lhe ocorreram: *Será que ela foi adestrada? Ou sua personalidade é assim, tranquila? Será que está dormindo? Ou será que...?*

O homem desceu do carro, abriu a porta traseira e, ao erguer a caixa, ouviu um miado abafado, além de sentir o movimento do animal.

— Ah, você está viva... Deve estar bem.

Aliviado, ele colocou a caixa sobre o banco traseiro. Deu outro suspiro, em dúvida se conseguiria cuidar da gata por três dias.

— Aguente um pouco mais aí dentro.

Falando isso, abriu a portinha da caixa para arejar o interior. Estava se posicionando em prontidão caso a gata pulasse para fora, mas ela continuava quietinha, aconchegada na manta.

As palavras do gerente do pet shop saltaram à memória de Norio: "Apenas os gatos extremamente notáveis são escolhidos para serem Gatos com Manta." Ele duvidava que os gatos se sentissem lisonjeados de serem alugados por diferentes pessoas, mas os felinos pareciam ser muito bem-comportados.

Também lembrou que o gerente pediu para que ele escolhesse um nome para a gata depois de conversar com sua esposa e filhos. Ele fechou a portinha da caixa.

— Sua mamãe está esperando — falou Norio para a gata.

Mas logo se perguntou se era melhor usar só "mãe" para se referir a Yukie. Ele preferia ser chamado de "papai". Porém, se tivesse um filho, provavelmente seria chamado de "velho".

A gata espirrou de repente. *Chuim, chuim, chuim.*

— Isso está com cara de alergia.

Chuim, chuim.

— Tá bom, você definitivamente tem alergia a pólen.

Chuim, chuim, chuim.

— Deve ter puxado isso da mamãe... — disse ele, contendo um suspiro.

Yukie estava sentada à mesa ao lado da janela. Quando avistou Norio, ela tirou a máscara e respirou fundo. Então abriu um sorriso tranquilo.

— Como está se sentindo? — perguntou ele, puxando a cadeira do lado oposto da mesa para se sentar.

— Meu nariz estava coçando até há pouco, mas acho que passou — respondeu ela.

— Ouvi dizer que hoje tem muita concentração de pólen no ar.

— Isso mesmo. Se eu tivesse ido junto buscar a gatinha, provavelmente teria sido horrível.

Yukie pegou com cuidado a caixa transportadora, que Norio estendia para ela. Depois, colocou-a na cadeira ao lado e passou de leve a mão sobre a portinha.

— Boa tarde, fofurinha. Prazer em te conhecer — disse ela, com uma voz carinhosa.

A gata havia parado de espirrar.

— Eu queria vê-la logo, mas estou meio nervosa.

— É uma gracinha.

— É de pelagem tricolor, não é?

— Isso. O gerente do pet shop disse que é fêmea e tem 1 ano.

— Por que trouxe uma fêmea? Não era melhor ter trazido um macho? — indagou Yukie, parecendo meio receosa.

— É tudo a mesma coisa. Além disso, gatos tricolores geralmente são fêmeas.

— É mesmo?

— Sim. Dizem que é quase impossível os machos possuírem DNA de pelagem preta e alaranjada. Tem alguns casos, por conta de mutação genética, mas as chances são baixíssimas. Além disso, eles são estéreis — dizendo isso, Norio olhou pela janela. Uma mãe com uma criança pequena passava em frente à cafeteria. — São iguais a mim.

Ele achou que tinha dito isso de forma indiferente, mas sua voz saiu levemente trêmula. E Yukie ficou em silêncio.

2

O casal separou para a gatinha o *washitsu*, cômodo tradicional japonês de mais ou menos dez metros quadrados, que ficava ao lado da sala de estar. Era uma parte da casa bem ensolarada e sem móveis, então tinha bastante espaço. Eles haviam conversado previamente que, mesmo que o bicho arranhasse o chão, as portas ou outras partes de papel, eles não se importariam. Estavam mais preocupados se o animal rejeitaria o local por causa do cheiro desconhecido.

No dia anterior, Yukie tinha dito ao marido:

— Se o bichinho não quiser ficar no *washitsu*, pode ficar no meu quarto. O que acha?

— Melhor ficar no meu — tinha respondido Norio. — Yukiezinha, seu quarto tem cheiro de perfume.

— Mas o seu tem um cheiro horrível de cigarro — havia retrucado Yukie, fazendo bico.

— Comprei um eliminador de odores.

— Isso não vale! Se for assim, é só usar o spray no meu quarto também.

Norio tinha concordado com a cabeça, soltando uma risadinha desconcertada. Por ele, o felino dormiria no quarto de Yukie, mas havia sido divertido provocar a esposa.

— Vão ser apenas três dias, com dois pernoites — lembrou ele, já em casa, com uma expressão indiferente e um tom de voz distante. Fez isso esperando que Yukie dissesse "Que sem graça".

Porém, ela parecia tão animada quanto uma criancinha.

— Podemos pegar logo a gatinha no colo?

— Acho que não tem problema. Disseram que essa gatinha está bastante acostumada com as pessoas.

— Eu comprei um brinquedo de gato... Será que ela vai gostar?

— Ela é uma gata, afinal...

— Ela pode dormir na minha cama?

Não, não podia. A proibição aparecia em destaque no site da loja. Os Gatos com Manta, como o próprio nome dizia, eram felinos que ficavam tranquilos, mesmo sendo locados para diferentes famílias, por estarem sempre junto à sua manta, familiarizados com ela desde o nascimento. Era terminantemente proibido separá-los da peça.

Depois de ouvir a explicação do marido, Yukie ficou um pouco desapontada, mas logo se recompôs e, erguendo o rosto com um olhar radiante, disse:

— Então, é só eu ficar no quarto dela. Não é? Vou dormir ao lado dela. Tudo bem? Posso?

— Hum... Faça como achar melhor — respondeu Norio, indiferente, e virou-se para o lado. Sentia que, se não desviasse o olhar, acabaria sendo contagiado por toda aquela animação.

Ele não estava empolgado com a novidade. Mas estava feliz em ver sua esposa animada daquele jeito. Yukie sorria como nunca.

E continuava a sorrir enquanto brincava com a gata no *washitsu*. Porém, sua esposa já não estava mais chamando a felina de "gatinha". Ela tinha dado um nome. Empolgada, mas um pouco receosa, havia perguntado se poderia escolher o nome sozinha. Quando tirou a gata da caixa, sem hesitar, disse:

— Oi, Ann!

Norio perguntou se o nome era inspirado em *Anne de Green Gables*, mas seu palpite estava errado. Yukie pegou Ann no colo e, acariciando as costas da gata, falou:

— Talvez tenha influenciado um pouco. Mas Ann é o apelido dela. O seu verdadeiro nome é Anju.

— Igual à do filme *Anju e Zushioumaru*, baseado no romance *Intendente Sansho*?

Ela riu.

— Que nada! Por que eu colocaria nela o nome da personagem de uma tragédia?

Não seria um bom nome mesmo.

Em ideogramas, explicou Yukie, "Anju" seria escrito "杏樹", que significava damasqueiro.

— Na grafologia, para as mulheres, a quantidade de trinta e três traços traz muita sorte. No nosso caso, como o sobrenome tem poucos traços, tive muita dificuldade em escolher os ideogramas.

Norio escreveu o nome completo da gata, "Anju Ishida" em ideogramas — 石田杏樹 —, no ar, e realmente continha trinta e três traços.

— Como meu nome tem três ideogramas, pensei em dar a ela um nome com três também, mas, se fizesse assim, você ficaria triste porque seu nome tem apenas dois ideogramas. Não é mesmo, Norio?

Encarando a gata e dizendo "Não é?", Yukie sorriu, contente.

O sol da tarde entrava suavemente na sala pela porta de correr aberta. No meio da luz dourada, estava Yukie com Ann no colo.

— É uma gata bastante mansa, não é?

— É, sim...

— Você também sente que ela mora com a gente há muito tempo?

— Pois é...

— Que foi?

Yukie e Ann se viraram para Norio.

— Está bravo? — insistiu Yukie.

As duas tinham a mesma expressão boba. Norio, desviando o olhar, respondeu que estava tudo bem.

— Mas você ficou irritado de repente, não ficou?

— Não fiquei, não.

— Ah, você deve estar ansioso para pegar a Ann no colo!

Yukie, dizendo "Você não me pega!" em tom de brincadeira, apertou Ann contra o peito. Ann espirrou novamente.

Chuim, chuim, chuim.

Então, Yukie também espirrou.

— Ela passou pra mim.

A luz do sol iluminava o rosto sorridente da mulher. Norio, como se quisesse fugir daquele sorriso frágil, voltou seu olhar para o relógio.

— Vou dar uma saidinha.

— Aonde vai?

— Vou comprar algum brinquedo. Vi vários no pet shop, incluindo uma torre para gatos. O que você acha?

Ele esperava que Yukie fosse dizer que era exagero, já que a gata ficaria apenas três dias. Mas ela não falou nada.

— Não quer vir junto e levar a gata? — convidou Norio.

Yukie, depois de pensar um pouco, respondeu:

— Humm... Pode ir sozinho. Vou ficar cuidando da casa com a Ann. Eu iria ficar com vergonha de passear com ela.

Norio também não disse que isso era bobagem.

— Escute, Norio. Sabe aquela história de mães de primeira viagem nas praças e parques? Será que a emoção que elas sentem é algo parecido com o que estou sentindo?

O marido, em silêncio e com um sorriso triste, inclinou a cabeça. Preparou-se para sair e, da porta, disse "Já volto!" em direção ao *washitsu*. Logo se ouviu um "Vá com cuidado!" em uma voz suave.

Ouviu-se também o miado de Ann. Era bem arrastado, como se estivesse pedindo um mimo.

— Nossa, Ann! Você entendeu? Que inteligente!

Norio ouviu Yukie falar, curioso para saber a expressão dela. Porém, sem espiar o *washitsu*, saiu porta afora como se fugisse de algo.

No meio do caminho até a loja, dentro do carro, Norio fumava um cigarro atrás do outro. Não era tanto pelo ato de fumar, mas precisava sentir nos dentes o esmagar do filtro do cigarro.

Norio dizia a si mesmo que estava tudo bem, ao mesmo tempo que xingava a si mesmo, presumindo que estava apenas estressado. *Não há nada com que me preocupar. O felino tão esperado finalmente está na nossa casa. Yukie está tão contente; fazia muito tempo que ela não ficava assim.*

Para ele, aquele dia estava sendo muito, muito divertido.

Nos fins de semana, o casal ficava em um sossego absoluto. Não que os dois falassem pouco, mas, em comparação a casas com criança, o silêncio do ambiente se equiparava ao de uma casa vazia. Muitas vezes, quando demoravam para atender algum entregador, recebiam um bilhete de aviso de destinatário ausente.

O apartamento tinha três quartos, banheiro, cozinha e sala de estar. Para duas pessoas, era mais do que suficiente. Quando eles entravam em seus quartos, cada um com sua cama, o restante do apartamento de 70 m^2 parecia inóspito.

O casal não tinha filhos. Na verdade, não podiam ter.

Por causa de Norio. Ele não tinha problema em manter relações sexuais, mas a quantidade de esperma era muito baixa e de pouca qualidade. Ele descobriu quando tinha pouco menos de 35 anos, durante a primeira consulta do tratamento de fertilidade. A possibilidade de fecundação não era zero, mas era baixíssima.

Seria mentira se ele dissesse que estava tudo bem. Porém, mesmo que ficasse triste, era algo sobre o qual nada podia fazer.

Quando ainda estava na casa dos 30 anos, achava que bastava mudar o modo de pensar. Entretanto, ao chegar aos 40 anos, o casal passou a sentir o silêncio do ambiente se transformar em melancolia. Nessa época, o interior decorado em uma só cor começou a parecer frio.

No início do ano, enquanto Yukie lia os cartões de Natal e de Ano-Novo, seus olhos de repente ficaram marejados. Ela estava lendo o cartão que sua amiga mandava todos os anos, junto com uma foto de família. Sob a mensagem impressa, havia algo escrito à mão: "Meu filho mais velho vai para o ensino fundamental II. Fico emocionada ao pensar que um bebê que parecia um macaquinho já cresceu tanto." Era algo simples e corriqueiro, mas isso atingiu Yukie como uma punhalada no peito.

— Como será a sensação de ver seu filho crescer? — perguntou Yukie, com os olhos vermelhos. — Deve ser incrível.

Então começou a chorar.

Não havia como se livrar daquela melancolia. Ela os acompanharia pelo resto da vida.

— Criança só atrapalha. Elas sujam a casa e são barulhentas — dizia um amigo de Norio.

— Nada é melhor do que não ter uma família para sustentar — falava outro amigo.

Havia, ainda, um amigo que dizia:

— Crianças são tão irritantes. Só de olhar, dá nos nervos. E ainda esperam que a gente faça de tudo por elas!

Entre as amigas de Yukie, também havia as que apontavam aspectos negativos de ter filhos:

— Dá para escolher um parceiro para se casar, mas não dá para escolher quem será seu filho — dizia uma amiga.

— Não vale a pena ter filhos, não quando se precisa parar de trabalhar — falava outra amiga.

Eles acreditaram inocentemente no que os amigos haviam dito, mas, com o tempo, algo mudou. Assim como uma carta de repente revelada no meio de uma partida de baralho, o que antes parecia "reclamação de pessoas que tinham filhos" começou a soar como "consolo para pessoas que não podiam ter filhos". Às vezes, o casal se perguntava se estava exagerando.

Caso indagassem aos amigos, eles poderiam ficar chateados, então nada diziam.

Nos últimos dois anos, tanto Norio quanto Yukie praticamente não convidaram amigos para visitá-los. Nem foram à casa de amigos.

As amizades diminuíram, e os finais de semana silenciosos se tornaram ainda mais melancólicos.

Quem começou a falar em ter um animal de estimação foi Norio, um mês antes. Yukie concordou imediatamente e disse que gostaria de ter um gato.

Porém, o condomínio onde eles moravam não permitia animais de estimação. Então, caso o casal resolvesse realmente ter um gato, teriam que se mudar para outro lugar. O apartamento onde moravam atualmente tinha sido comprado antes do tratamento de fertilidade. Era um imóvel caro, pensado para uma família de três ou quatro membros.

Atualmente, o mercado imobiliário estava em baixa para apartamentos usados. Eles não tinham certeza se conseguiriam algum comprador e, ainda assim, teriam que pagar as parcelas restantes com o valor da venda, o que não garantia a quitação da dívida.

Entretanto, Yukie disse:

— Tudo bem, vamos conseguir esse dinheiro.

O seu entusiasmo era tanto que poderia ir imediatamente à imobiliária e ao pet shop. Norio convenceu a esposa a passar alguns dias com um gato como experiência, e, depois disso, decidiriam o que fazer.

Assim, Ann chegou ao apartamento do casal. Yukie estava rindo, como não fazia havia muito tempo. Norio sentiu que isso era algo bom e pensou em passar na imobiliária para solicitar um orçamento, depois de comprar o brinquedo.

No setor de produtos para gatos, Norio se sentiu perdido por um bom tempo. Estava paralisado, incapaz de decidir o que comprar. Diante dele, havia vários modelos de torres para gatos enfileirados lado a lado. Um deles era uma torre com uma coluna de quase dois metros de altura envolta em corda de sisal, com caixas que se pareciam com ninhos de passarinho, prateleiras e escadas. Não tinha como comprar aquilo. O objeto perderia a utilidade depois da devolução de Ann. E, mesmo que fossem ter algum gato depois da mudança, as cores rosa-choque e azul eram feias e estragariam a decoração da sala.

Ainda se sentindo desnorteado, Norio perguntou ao vendedor se não tinha algo mais monocromático. O atendente, sem demonstrar qualquer boa vontade, respondeu que não. Após Norio comentar que só havia produtos que pareciam infantis, recebeu uma resposta irônica, que não tinha nenhum fundamento:

— Gatos gostam de objetos com cores fofas.

Afastando-se do vendedor, Norio foi examinar a torre novamente. Ele notou certa familiaridade no brinquedo, como a pintura seguindo o traçado da madeira, seu design arredondado e as cores marcantes. Lembrou-se de um brinquedo que viu na casa de um amigo que sempre visitava, dez anos antes.

Esse amigo, que tirava onda por ter uma coleção de mais de duzentos discos de vinil de bandas de rock japonês antigo e de músicas populares, havia cedido a prateleira de discos para seu filho colocar a coleção de robôs.

— Quando se tem filho, não tem como fugir... tudo acaba girando em torno dele — tinha dito o amigo, em tom de satisfação.

Norio considerou aquilo e chamou de novo o funcionário da loja.

— Vou levar esse que tem prateleira e casinha, na cor rosa-choque.

Apontando para a torre, disse que não precisava embalar, pois ele levaria daquele jeito mesmo.

3

A memória da câmera digital ficou cheia num piscar de olhos.

— Espere um pouco — falou Norio, sorrindo desconcertado para Yukie, que fez mais uma pose com Ann no colo. — Preciso transferir as fotos que tiramos para o computador.

— A memória já ficou cheia? — perguntou Yukie, espantada. — Será que a câmera está com problema?

— Já estamos fazendo isso há um tempão — disse o marido rindo, ainda mais desconcertado. Ele apontou para o relógio na parede. — Olha a hora.

— Nossa! Já passa das oito da noite...

— Pois é. Estou com fome. Será que Ann também não está?

Ignorando Norio, que colocou a mão na barriga de um jeito engraçado, Yukie apertou Ann e disse:

— Está com fome, Ann? Desculpa fazer você esperar tanto.

Ann esticou o pescoço como se tivesse ficado um pouco sufocada, mas continuou no colo de Yukie. A gata já estava havia mais de uma hora no colo dela, sem poder se mexer direito, e mesmo assim continuava tranquila, fazendo jus ao seu treinamento de Gata com Manta.

Jantaram a comida que o marido havia preparado mais cedo e deram ração para Ann. Yukie disse que gostaria de dar à gata algo preparado em casa, mas o pet shop era rigoroso quanto a isso: só poderiam alimentar a gata com a ração entregue no ato da locação. Segundo a loja, caso houvesse alguma mudança na quantidade ou na qualidade da comida oferecida pelo locatário, os gatos adoeceriam.

Norio observou Yukie durante o jantar. Viu que ela exibia um sorriso tranquilo. Tudo o que ela dizia era em um tom ameno. Norio não se recordava de vê-la assim em qualquer final de semana que passavam sozinhos.

— Depois do jantar, vamos passear um pouco?

— Vamos levar Ann?

— Sim. Acho que é bom ela tomar ar fresco.

— Sei que se deve levar cachorro para passear, mas não sei quanto a gatos... — falou Norio, um pouco receoso. — Além disso, vamos correr o risco de alguém descobrir que estamos com a gata.

Afinal, no condomínio onde eles moravam, eram proibidos animais.

— E tem a alergia a pólen.

— Tudo bem por mim, Norio.

— Estou falando da Ann...

A gata espirrava com frequência, fosse por uma alergia qualquer ou pelo pólen no ar. Quando parava, ficava bastante tempo sem espirrar; mas, quando começava, espirrava por um longo tempo.

— A poeira da casa também pode dar alergia, então talvez seja melhor respirar o ar lá de fora, não acha?

Yukie olhou para Ann, que comia ração.

— E você também quer sair, não é, Ann?

A gata olhou para cima, encarando Yukie. Ouvindo a imitação de miado da mulher, Ann respondeu com um "miau".

— Viu? — disse Yukie, rindo contente.

Norio sentiu um pouco de ciúme da cena e soltou uma risada desajeitada. Sentiu que nunca tinha rido desse jeito.

Quando Yukie e Norio descobriram que não poderiam ter filhos, fizeram algumas promessas.

— Isso quer dizer que, como não seremos "genitores", nós não temos nenhum laço sanguíneo, não é mesmo? Pois ser um "casal" é apenas um contrato social.

Ao ouvir Yukie falando assim, mesmo que a racionalidade dela fosse exagerada, Norio a compreendeu.

— Como dois indivíduos que não têm laço sanguíneo e que vão continuar vivendo sob o mesmo teto, precisamos definir certas coisas.

O acordo era que um não deveria interferir demasiadamente na vida do outro. Por isso, cada um ficou com um quarto. Em relação às despesas domésticas, decidiram que seriam divididas. Criaram uma nova conta para os gastos do dia a dia, e passaram a depositar a mesma quantia de dinheiro todos os meses.

Outra regra era respeitar a individualidade do outro, não cobrando o papel de esposa ou marido. Por isso, o marido chamava a esposa de "Yukiezinha", e a esposa chamava o marido de "Norio". Yukie continuava usando o sobrenome de solteira no trabalho. Na entrada do apartamento, colocaram duas placas identificadoras, com os sobrenomes de cada um.

— Resumindo, cada um vai respeitar a individualidade do outro... Se não fizermos isso, tenho certeza de que nossa vida vai por água abaixo.

Norio compreendia o que sua esposa queria dizer e sabia que ela estava certa. Mas havia dias em que queria contrariá-la e dizer: "Você não acha isso tudo muito complexo?" Porém, ele jamais disse isso, porque não sabia se seria capaz de falar em tom descontraído.

Desde o dia em que o médico o declarou praticamente infértil, mais de sete anos antes o casal não brigava. Quando sentiam a iminência do conflito, os dois cediam. Norio tinha medo de brigar e achava que sua esposa sentia o mesmo.

Quando havia apenas duas pessoas em uma casa, não tinha ninguém para ser mediador, crítico ou mesmo ouvir as reclamações de um sobre o outro. Eram dois indivíduos distintos. Duas pessoas solitárias, bons parceiros que respeitavam a individualidade um do outro.

Recentemente, Norio havia começado a pensar que isso era um pouco diferente do conceito de "casal".

À noite, os dois levaram Ann ao parque para brincar.

Entretanto, isso não quis dizer que ela brincou correndo atrás dos donos ou pegou um graveto arremessado para ela, tal qual os cachorros faziam. Depois de sair da caixa transportadora, correu em direção aos arbustos do outro lado da pracinha e se escondeu, recusando-se a aparecer.

— Será que aconteceu alguma coisa? Tem certeza de que ela vai voltar?

— Lógico... Disseram que ela sempre volta para o local onde está a manta.

— Ela poderia pelo menos brincar na nossa frente... — Yukie, desapontada, sentou-se no banco e fez um bico. — Saiu correndo como se estivesse aliviada de se livrar de nós.

— Deve ser coisa de gato.

— Mesmo assim... Pelo menos ela poderia demonstrar um pouco de gratidão e carinho, não é?

Yukie contou que aconteceu o mesmo quando estava com a gata no quarto, tirando fotos. Disse que Ann não demonstrava estar contente em seu colo, enquanto fazia poses.

— Não pareceu isso.

— Quem está só olhando não percebe. Mas, pegando ela no colo, posso sentir. Percebi que ela só está interagindo comigo por obrigação.

— Você pensa demais.

— Mas é verdade. Você que é insensível demais, Norio.

Chuim. Ouviu-se o espirro no meio do matagal, inesperadamente perto deles.

Chuim, chuim, chuim, chuim... O som não parava, se misturando ao farfalhar de folhas e ao balançar de galhos, e foi se afastando.

— Ann deve ter ouvido nossa conversa — disse Norio, em tom de brincadeira.

Yukie encolheu os ombros de forma engraçada.

— O que faremos? — perguntou ele.

— Sobre o quê?

— Você acha que é melhor nós não termos um gato?

— Não. Eu quero ter.

— Acho que cachorro é mais carinhoso, ou pelo menos mais obediente.

— É impossível termos um cachorro. Como vamos levá-lo para passear se nós trabalhamos?

Ela tinha razão. O fato de ter escolhido um gato como animal de estimação foi por ser um animal que não dava tanto trabalho. Nas palavras de Yukie, gato era muito mais independente do que cachorro.

— Hein, Norio...

— Que foi?

— Você acha que me tornei egoísta?

Aquilo pegou Norio desprevenido.

— Acho que não — respondeu ele depois de um tempo, o que fez a resposta parecer pouco sincera.

Yukie não falou mais nada e encarou o céu noturno e nublado.

Chuim, *chuim*, ouvia-se o espirro de Ann bem longe dali. Norio achou que ela devia estar brincando em algum lugar mais amplo, já que estavam em um parque, e logo refletiu que isso só dizia respeito à gata. Deu um sorriso desconcertado.

— Sinto que me tornei egoísta — disse Yukie, olhando para o céu. — Eu tenho ficado nervosa, tanto no trabalho quanto em outros lugares...

Ela suspirou e falou que a falta de educação dos jovens a incomodava, assim como a inquietude do novo chefe da empresa que ela atendia, que foi designado no início daquele ano. Disse também que ficou brava com o computador, que estava travando cada vez mais, talvez por incompatibilidade com o novo software instalado. Sentia raiva vendo a esposa do sr. Midorikawa, que morava no mesmo edifício, misturar o lixo orgânico e o seco, e ficava incomodada só de ouvir a voz dela e de outras vizinhas na entrada do edifício, fofocando em alto e bom som.

— Mas isso não tem nada a ver com egoísmo, não acha? — perguntou Norio.

— Não encontrei uma palavra que expresse exatamente o que estou sentindo — respondeu ela. E, após uma longa pausa, continuou: — Acho que muitas coisas têm dado errado. Talvez eu tenha ficado mais sensível ao que está fora do meu controle, ou talvez simplesmente tenha me tornado mais frágil... e não consiga mais tolerar essas coisas.

Yukie explicou que as coisas que antes ignorava passaram a incomodá-la. Segundo ela, o que antes deixava para lá se tornou insuportável.

Norio compreendia o que ela queria dizer e pensava que ela tinha razão em se sentir assim.

Em uma vida a dois, era difícil não conseguir fazer aquilo que se queria. As regras da casa eram seguidas à risca. Se preferissem não conversar, o silêncio perpetuava; e, caso apreciassem uma boa conversa, não haveria nada que a interrompesse.

Dava para dizer que era um estilo de vida *clean*, minimalista, mas não no sentido de decoração ou de estilo. Em comparação com colegas de trabalho ou amigos, que tiveram suas vidas transformadas por causa de filhos malcriados, ou por terem que cuidar de pais e sogros doentes, ou por se desgastarem com os vizinhos, a vida de Yukie e Norio era muito mais organizada.

Entretanto, quando a vida era exageradamente asséptica, o corpo logo se entregava às bactérias, e uma vida "organizada" poderia ser também algo extremamente frágil.

— Então, você ficou com vontade de ter um gato por quê?

Yukie assentiu, entusiasmada.

— Uma das razões é que gatos são muito fofos. Mas, como posso dizer... eu queria algo a que tivesse que dar atenção. Algo de que precisasse cuidar, mesmo sendo chato.

— E, se esse algo crescesse, seria melhor ainda. É isso?

Yukie concordou novamente com a cabeça, e Norio mirou o céu noturno. Viu a meia-lua, ainda próxima ao horizonte. O céu de primavera, diferentemente do céu gélido de inverno, estava anuviado, como se coberto por um véu.

Norio quase disse à esposa que, para ela, um gato seria como um substituto para o filho que eles não teriam. Mas engoliu as palavras.

Provavelmente, essa era a verdadeira razão por trás do desejo de adotar um animal de estimação.

E, por isso, Norio não falou nada.

Então, ficaram novamente em silêncio, lado a lado no banco do parque.

Passou-se meia hora e nada de Ann. Como se ouviam espirros de vez em quando, o casal tinha certeza de que ela estava entre os arbustos, mas não havia sinal de que iria voltar.

— As pessoas assobiam para chamar cachorro... Não é?

Yukie deu um sorriso desanimado e ajeitou a gola do casaco. Durante o dia, naquela época, fazia bastante calor, mas, à noite, esfriava consideravelmente.

— Se quiser, pode ir embora antes da gente — sugeriu Norio.

— Não se preocupe — disse Yukie. — Sei que gatos não estão nem aí para o que nós queremos, mas... que situação!

— Escute, Yukiezinha.

— O quê?

— Vamos deixar para lá essa ideia de ter gato. Olha como é trabalhoso! As coisas fogem totalmente do nosso controle.

Yukie pigarreou e balançou a cabeça de um jeito incompreensível, e Norio foi incapaz de dizer se ela estava concordando ou discordando.

— Além disso...

Norio se interrompeu ao ouvir um farfalhar de folhas vindo do arbusto, seguido de um guincho de um animal pequeno.

— Será que foi Ann?

— Não sei...

Eles se levantaram e olharam para trás. Ann surgiu vagarosamente entre os galhos, com um rato na boca.

Yukie engoliu em seco e, sentindo as pernas vacilarem, sentou no banco.

4

Yukie não conseguia mais pegar Ann no colo.

— Ela não chegou a comer o rato — disse Norio, com um sorriso desconcertado. — Para uma gata, é normal caçar um rato e brincar com ele. Não é, Ann?

Ele acariciou a cabeça da gata, já dentro da caixa de transporte.

— Você tem razão... Mas não consigo acreditar... Que nojo.

Yukie, com uma expressão horrorizada, desviou o olhar. Norio acariciou novamente a cabeça de Ann. Ele sentiu que um sabor amargo se espalhava da boca em direção ao peito.

— Gatos não são bonecos nem brinquedos. Eles fazem cocô e podem adoecer.

— Eu sei disso.

— Depois...

— O que é?

— Por fim, eles acabam morrendo.

Yukie concordou, baixando a cabeça como se fosse uma criança aborrecida.

Norio fechou a portinha da caixa em silêncio, deixando de mencionar uma outra característica dos felinos: *as gatas podiam ter filhotes*. Ele achou que seria demais dizer isso.

— Vamos para casa?

Quando Norio ergueu a caixa, Ann, que estava envolta na manta, respondeu com um "miau". Yukie não disse nada.

— Yukiezinha, vamos voltar — chamou ele mais uma vez.

Norio foi na frente, com passos apressados. Então Yukie o seguiu. O apartamento ficava a cinco minutos do parque. No caminho até em casa, havia um condomínio de edifícios, porém, nos finais de semana, não havia quase ninguém andando na rua. Por sua vez, havia luz em quase todas as janelas dos apartamentos.

No trajeto, viram um cartaz de convocação para o time de beisebol juvenil. Ao lado, havia um pôster ambientalista com o slogan "Vamos deixar um planeta Terra mais bonito para nossas crianças".

— O que faremos depois de devolvermos Ann? — perguntou Norio enquanto caminhavam.

— Como assim?

— Quer ter um gato?

Para Norio, não importava se teriam ou não, e pretendia aceitar o que a esposa decidisse.

— Não sei — respondeu Yukie, depois de um tempo.

— Os gatos são egoístas, né? — comentou Norio com uma risada.

Yukie, calada, fungava sem parar.

Os noticiários diziam que no dia seguinte haveria maior concentração de pólen no ar. Norio pensou em Ann. Quando ele inclinou a cabeça, se perguntando se gatos podiam ter rinite alérgica, ouviu espirros vindos de dentro da caixa.

Chuim, chuim, chuim, chuim...

— Como faremos hoje à noite? Você vai dormir com Ann, Yukie?

— Não tem como limpar a boca de Ann, tem?

— Acho difícil.

— E banho... Ouvi dizer que gatos detestam tomar banho.

— Creio que sim.

— Em relação a doenças e parasitas, acho que não tem perigo ficar perto dela. Agora, se ela tiver pulga, aí, sim, seria um problema.

Chuim, chuim, chuim. Ann continuava a espirrar.

— Escute, Norio, o gerente do pet shop falou alguma coisa sobre pelos? Gatos soltam pelos, não soltam?

Norio suspirou e grunhiu. Yukie o ignorou e continuou a fazer perguntas, questionando se o cheiro da gata ficaria no apartamento. Ele deu de ombros como se dissesse que não sabia e suspirou novamente.

Os espirros de Ann haviam cessado.

O prédio onde moravam já estava bem perto. Em todas as janelas, havia luzes ofuscantes. A luz fraca e indireta do apartamento deles provavelmente não combinaria com uma família alegre e cheia de vida, como a dos outros moradores do condomínio. Um apartamento de três quartos cheio de crianças seria um lugar mais simples, sem muita decoração, mais bagunçado e apertado, que combinaria com um final de semana animado, mas não combinava com uma família de duas pessoas...

Norio repetiu o que tinha dito mais cedo:

— Vamos deixar para lá essa ideia de ter gato.

Sem esperar a resposta da esposa, acelerou os passos e se afastou.

Naquela noite, Ann ficou no quarto de Norio. Dentro da caixa, com a porta aberta, Ann dormia tranquilamente, enrolada em sua manta.

Quando Norio acordou no meio da noite, notou que o ar do quarto estava um pouco úmido. Era uma sensação estranha, abafada e quente, que incomodava um pouco seu nariz.

Ainda sonolento, pensou ter esquecido alguma comida no quarto. Logo, lembrando-se do que se tratava, ficou tranquilo.

Levantou sem acender a luz. Na penumbra, viu a silhueta da caixa transportadora, num tom esbranquiçado.

— Ann... Está dormindo?

Não ouvindo nenhuma resposta, riu desconcertado, pensando que isso era óbvio.

— Que folgada! As coisas estão bem diferentes com você aqui, sabia?

Norio falava como uma criança tímida, porque tinha um pouco de vergonha, mas, depois de colocar aquilo para fora, sentiu-se melhor do que esperava. As palavras fluíram naturalmente.

— Yukiezinha parece ter dormido mal-humorada.

Porém, achou errado dizer "Yukiezinha" e reformulou a frase:

— A mamãe estava zangada, não estava?

Seu coração deu um salto, similar a quando se estava no mar e o pé já não alcançava o fundo.

— A mamãe não é de gritar quando está brava. Você viu que ela ficou calada e entrou no quarto sem dizer nada? É o que ela costuma fazer. Quando ela fica assim, não adianta dizer nada. Só resta deixá-la quieta.

Mas o que estou falando?, pensou Norio.

— O papai aqui também está um pouco tenso. Ah, queria poder de fato dizer essa frase um dia...

Norio, depois de sentir o coração saltar novamente, calou-se. Logo sentiu um aperto no peito. A sensação era de que tinha infringido uma regra.

Fazia muito tempo desde a última vez que havia falado com alguém que não fosse Yukie naquela casa. Mesmo que o interlocutor tivesse sido uma gata, e que não tivesse obtido resposta, não era um monólogo. Por isso mesmo, Norio sentia que tinha infringido uma regra do casal.

No domingo, o tempo estava estranho. O céu estava nublado, mas não chovia. O vento soprava forte e o ar estava úmido e abafado. Era semelhante à época de chuva, no início do verão.

— Se vai chover, é melhor que a chuva caia logo... — resmungou Yukie, fungando.

Pouco antes, a mulher tinha aplicado colírio nos olhos, uma medida contra sua alergia a pólen. Também chupava balas com extrato de chá de ervas desde que se levantou, mas isso parecia não surtir efeito.

De acordo com o noticiário da manhã, a concentração de pólen no ar naquele dia seria a pior da estação.

— É melhor não sair de casa hoje — falou Norio.

Yukie, que provavelmente estava ansiosa para dar um passeio de domingo com Ann, concordou sem hesitar. O humor dela estava bem melhor, mas continuava não querendo pegar Ann no colo.

A gata zanzava pelo *washitsu*. Praticamente não se interessou pela torre que Norio havia comprado, talvez por não ter gostado da cor. De vez em quando espirrava, um sinal de que ficaria mal se saísse de casa naquele tempo.

Yukie apenas tomou sopa pela manhã. Porque estava com dor de cabeça, causada pelo nariz congestionado, e pelo nojo que lhe dava ao ver Ann e se lembrar do rato.

— Eu sei que Ann não tem culpa... Desculpa.

— Vou devolver a gata. Acho que a loja não vai recusar se eu disser que, mesmo sendo um dia antes, não precisará devolver a diferença da taxa que pagamos.

— Coitadinha... Não se preocupe comigo. Eu vou ficar confinada no meu quarto. Tenho muito trabalho para fazer, então vai ser melhor assim. Norio, fique brincando com Ann.

— Yukiezinha... o que acha de desistir de ter um gato?

A esposa, talvez por ter refletido durante a noite, concordou em silêncio, assentindo com a cabeça.

— Que tal um cachorro? Ou poderiam ser peixes tropicais. Ou répteis! Parece que são bem fáceis de cuidar.

— É tudo a mesma coisa, vai dar trabalho igual. Norio, você e eu temos vivido cada um no próprio ritmo. E eu já me acostumei com isso. Um novo ser vivo em casa só vai nos atrapalhar.

— Mas...

Norio engoliu o resto da frase. O que ela disse indicava que tudo continuaria igual, uma vida solitária. Sentiu que ele iria falar algo que violaria as regras dos dois.

— Obrigada, Norio — disse Yukie de repente, entusiasmada.

Ela se espreguiçou e, se empertigando, continuou a falar:

— Agradeço por possibilitar esse encontro com Ann. Sei que sou muito egoísta e não suporto nada que não corresponda aos meus caprichos. Mas, graças à Ann, aprendi que é muito difícil mudar isso a essa altura... Isso mesmo. Tem muitas coisas que só descobrimos depois de tentar.

— Está tudo bem?

— Não tenho do que reclamar. O próprio pensamento de querer controlar a gata já era um capricho. A Ann, devo mais um pedido de desculpas do que um agradecimento — disse Yukie. Afobada, limpou o nariz com um lenço de papel. — Desculpa. Minha cabeça está pesada. Vou me deitar um pouco.

Então se levantou e se dirigiu para o quarto, com um lenço de papel no nariz. Norio não pôde fazer nada para impedir. Depois de ouvir a porta do quarto fechar, ele se levantou da cadeira.

— Vamos embora, Ann? Vou levar você.

Surpreendentemente, Ann havia subido na torre e, da prateleira que ficava no topo, observava Norio, estática. Intimidado pelo olhar penetrante da gata, ele desviou o olhar para a janela. O pólen devia estar pairando no ar como sempre. Norio ouviu falar que o pólen de carvalho vinha voando até a região da província de Chiba desde Chichibu e Okutama, passando pela baía de Tóquio, de acordo com a direção do vento. Ele ficava genuinamente admirado.

Vocês querem deixar descendentes mesmo fazendo tanto sacrifício? Vocês, que são odiados por todos. Vocês, que continuam expelindo pólen, mesmo sem ter a garantia da fecundação, não estão, erguidos ao pé das montanhas, carregando em suas costas uma solidão quase insuportável?

De repente, uma sombra passou pelo seu campo de visão.

Antes que pudesse se virar, ele viu Ann já no chão. A gata miou alto em direção à porta de correr de papel, arranhou-a, rasgando o papel, e quebrou as frágeis telas de madeira que o sustentavam.

Por um momento, Norio não entendeu o que estava acontecendo. Ann continuava miando ferozmente e correndo pelo cômodo, destruindo as paredes e portas de papel, além do tatame, com suas unhas afiadas. Logo subiu correndo na torre e, de um pulo, passou a arranhar o armário que estava na sua frente.

Depois, fugindo por entre as pernas de Norio, correu para a sala de estar, subiu no balcão e derrubou o que estava em cima — um porta-retratos, um vaso de flores e um relógio. O homem, estupefato, voltou a si com o som do vaso se espatifando.

— Ann! Pare!

Ele jamais conseguiria pegá-la.

Norio correu atrás da gata, meio agachado, e acabou acertando a luminária de chão com o quadril. O objeto caiu e a lâmpada se espatifou, o som ecoando no ambiente.

— Shhh! Ann, pare! Estou dizendo para parar!

Ele bateu a canela na mesinha de centro e, quando caiu para a frente, os CDs do rack choveram em cima dele.

Ann correu por cima da mesa da sala de jantar, derrubando xícaras de café, pratos e uma tigela de vidro no chão. Depois, estendeu as patas dianteiras para a caixa de suco de laranja e *ploft!*, derrubou-a como um pino de boliche. Uma grande mancha alaranjada se espalhou pelo tapete branco. Norio, boquiaberto e engatinhando, olhava a mancha, que crescia sem parar.

— O que foi isso? Que bagunça...

Yukie, que havia voltado para a sala de estar, ficou paralisada na porta, estupefata.

Ann desceu da mesa de jantar e, entre trotes e saltos, chegou à cozinha, pulando dentro da pia.

— O que foi isso? O que aconteceu? — perguntou Yukie, choramingando enquanto passava pano no chão.

— Não faço ideia.

— Ela não era calminha?

— Estou dizendo que não sei... — respondeu Norio, suspirando. E foi recolher os cacos da xícara de porcelana Ginori.

Conforme o contrato, a loja estaria totalmente isenta de pagar indenização por estragos feitos pelo animal. Norio olhou atravessado para Ann, pensando que tinha sido enganado pelo gerente do pet shop. Ann já estava calma e lambia tranquilamente a pata dianteira.

Depois de levarem mais de uma hora para limpar os cômodos, os dois se sentaram no chão, apoiando as costas na parede. Quando cruzaram olhares, Yukie falou:

— Não aguento mais.

Em seguida, Norio disse:

— Entreguei os pontos!

A vida organizada deles tinha virado de cabeça para baixo. O final de semana tranquilo tinha sido arruinado.

— Mas... acho que eu fiquei aliviada.

Ao ouvir Yukie dizer aquilo enquanto olhava a porta de correr esburacada, Norio concordou, acenando com a cabeça.

— Cuidar de um gato é muito trabalhoso. Lição aprendida — disse Yukie, séria. — Venha cá, Annzinha.

Quando Yukie abriu os braços para recebê-la, Ann, miando suavemente, se aproximou dela, que conseguiu pegar a gata no colo.

— Ela estava encharcada, mas agora já está seca!

Yukie, admirada, passou a mão nas costas da gata. Na verdade, como a felina havia pulado dentro da pia, que tinha louças para lavar, o pelo estava bastante sujo.

— Talvez seja melhor darmos um banho nela.

— Será que é difícil?

— Talvez ela fique agitada... Mas, se nós dois fizermos isso, acho que dará certo.

Norio pensou ter enfatizado o "nós dois", mas não tinha certeza se Yukie havia percebido. A mulher encarava Ann, em seu colo.

— Você não vai me derrotar! — disse ela para a gata.

Ann, por sua vez, se espreguiçou e espirrou. *Chuim, chuim, chuim.*

— Olha só você! Ficou molhada e pegou um resfriado! — exclamou Yukie, e espirrou também.

Norio deu um sorriso um tanto desconcertado e suspirou, então se levantou e caminhou em direção ao banheiro. Ele abriu o chuveiro e regulou a temperatura da água, pensando se seria melhor se fosse mais ou menos quente, já que gatos não gostavam de comida quente. Ele sentiu uma risada tomar conta de seu peito.

Talvez seja bom que aconteça algo assim de vez em quando.

A água quente do chuveiro cobriu-o, ainda vestido, o que o deixou feliz.

— Ei, venham logo! Já tem água quentinha — chamou Norio.

Em vez de uma resposta, ouviu dois espirros ao mesmo tempo, um forte e um fraco.

A gata no banco do carona

1

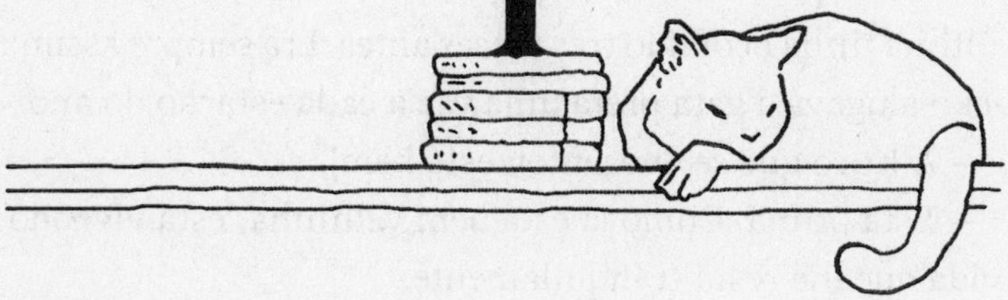

O pedido era sempre uma gata preta. Havia cinco anos que a mulher alugava uma gata da raça Maine Coon, a quem chamava de "Kuro, a pretinha". Depois da aposentadoria de Kuro da função de Gata com Manta por causa da idade avançada, a mulher passou a alugar uma "Kuro nova", de pelagem bonita e sem raça definida.

A locatária se chamava Taeko. No balcão de atendimento, esperando Kuro, a mulher falou para o gerente:

— Não que tenha que ser uma gata preta.

Geralmente, ela era uma pessoa calada, mas, quando ia alugar Kuro, sempre ficava com a língua mais solta. E, durante os três dias que Kuro passava em sua casa, ficava animada.

— Gatos pretos são bonitos, não são? Hum, como posso explicar... acho que eles são perfeitos como decoração.

O gerente, mexendo no computador e providenciando o formulário de locação, murmurou:

— *Decoração?*

— Talvez não tenha sido a melhor escolha de palavra.

— Ah, tudo bem. Contanto que tenha sido apenas uma escolha de palavra não tão boa...

O gerente do pet shop deu um sorriso desconcertado, e, com um clique no mouse, o histórico de locação apareceu. A última tinha ocorrido três meses antes. Era sempre assim: Taeko alugava a gata preta uma vez a cada estação do ano.

— A Kuro que se aposentou está bem?

— Está ótima. Como já está bem velhinha, está vivendo a vida que lhe resta tranquilamente.

— Faz dois anos que ela se aposentou, não é? Será que se lembra de mim? Ah, que bobagem de se pensar... Ela é uma gata.

— Lógico que lembra. Com certeza. Vocês viajaram muito juntas.

— Dizem que os gatos não se afeiçoam às pessoas.

— Ah, eles se afeiçoam, sim. Só são menos simpáticos que os cachorros.

— Eles esquecem tudo depois de três passos... Ah, não, isso são galinhas!

Taeko deu uma risada. O gerente riu junto e perguntou para que lugar a mulher planejava viajar dessa vez.

— Pretendo aproveitar as águas termais. Pensei em ir a termas nas montanhas e no litoral.

— Que legal.

— É ótimo, não é? — concordou Taeko, contente. Deu uma tossida e riu.

— Nossa... Montanha e litoral... — disse ele, encarando o chão. Então, ergueu a cabeça e ofereceu: — Quer levar a Kuro antiga?

— Posso?

— Como Kuro já é velhinha, eu queria levá-la para vários lugares, como à montanha e ao litoral, enquanto estivesse com saúde. Faz algum tempo que ela não sai daqui, mas, se for com a senhora, acredito que não haverá problema.

— Mesmo?

— Se a senhora não se opuser, sim!

— Sério...?

Taeko encarava o gerente, embasbacada. Parecia uma menininha ganhando um presente inesperado. Chegou a balançar o quadril, animada.

No fundo, ela ficava um tanto frustrada consigo mesma por, depois de ter chegado à casa dos 50 anos, continuar fazendo palhaçadas. Porém, isso não conteve seu entusiasmo, que estava nas alturas naquele dia.

A Kuro nova era uma boa gata. Porém, não chegava aos pés da Kuro antiga. Esta Kuro, que era mais uma companheira do que uma gata, viajou com Taeko inúmeras vezes.

Ela estava sempre no banco do carona. Quando um Maine Coon adulto se espreguiçava, tinha uma presença tamanha que era difícil chamar de "bichinho de estimação". Seria mais adequado chamar Kuro de uma verdadeira companheira de viagem. A sensação era a mesma de uma pessoa levar seu Golden Retriever para andar de carro.

O gerente, cancelando o contrato da Kuro nova, falou:

— Acredito que essa viagem será a última da Kuro. Então, faça um bom passeio, para que ela guarde ótimas lembranças.

Taeko sorriu, concordando com um aceno de cabeça, e acompanhou com um olhar feliz a silhueta do gerente, que desapareceu no fundo da loja. Depois, se certificou de que estava sozinha e fez uma leve careta.

Após dois anos sem vê-la, a Kuro que Taeko encontrou estava visivelmente envelhecida. Seus pelos haviam perdido o brilho e a pelagem do peito tinha ficado mais rarefeita.

— Kurozinha, lembra-se de mim? Sou eu, Taeko — disse a mulher, abraçando a gata.

Mas Kuro não esboçou reação. Não reclamou nem nada, mas também não demonstrou alegria. Parecia que tinha preguiça de fazer qualquer movimento.

— Ela está com bastante idade, mas não está doente, e usa a caixinha sozinha — disse o gerente. — Não sei como ela vai estar daqui a um semestre.

Kuro estava bem velhinha mesmo. O gerente a colocou na caixa transportadora com sua manta; era um procedimento necessário para que o felino soubesse que seu "trabalho" como Gato com Manta havia começado.

Enquanto observava o cuidado do gerente com a gata, Taeko se perguntava o que passava pela cabeça de Kuro. A gata enrolada na manta, sempre olhando para um ponto fixo, prendia a atenção de Taeko. O olhar aguçado e selvagem da raça Maine Coon deu origem à lenda de ser uma raça criada por meio de cruzamento entre gato e guaxinim. Taeko sempre tinha pensado que nada escapava daquele olhar penetrante.

— Cuide bem dela.

O gerente sorriu. Era um sorriso fofo e leve, como bolhas de sabão no ar.

– Troquei de carro – contou Taeko a Kuro, que estava no banco do carona, enquanto ligava o motor, e encolheu os ombros. – É um carro de baixa cilindrada e usado, como o que eu tinha antes.

Taeko, soltando o freio de mão, deu um suspiro. A viagem seria longa, pois iriam para as termas de um hotel tradicional, no interior da província de Nagano, mais conhecida como Shinshū, seu antigo nome. A previsão de chegada era ao anoitecer daquele dia, e, mesmo sendo meados de abril, em plena primavera, poderia nevar se o tempo não colaborasse.

Quando o carro saiu para a estrada, Taeko aumentou a velocidade. O barulho do motor e o vento sibilando a incomodavam. A carroceria era de um modelo de teto alto, como estava na moda, e isso deixava o carro instável nas autoestradas e nas curvas das encostas de montanhas, sacudindo-o sem parar.

– Escuta, Kurozinha, que tal alugarmos um carro maior e melhor?

A gata mexeu levemente as orelhas pontudas. Taeko entendeu isso como um sim.

– Você envelheceu mesmo. Se for sacudida em uma curva, é capaz de cair do assento.

O gerente tinha dito que Kuro havia perdido quase todos os dentes.

Atualmente, a gata estava com 12 anos. Então, pelos cálculos de Taeko, ela tinha 5 anos quando a mulher a alugou pela primeira vez. Diziam que a velhice dos gatos se iniciava aos 8 anos, então a felina estava na flor da idade quando elas se conheceram.

— Eu também estava com quarenta e poucos anos... Não sei se estava na flor da idade... Ah, eu era bem jovem mesmo — disse Taeko, procurando alguma locadora de carros no GPS do veículo. — Mudando de assunto, o gerente do seu pet shop é uma pessoa muito esquisita. Ele é simpático, mas parece que não sorri com sinceridade. Parece que sabe tudo sobre mim. Kurozinha, você é antiga na loja, não é? O que acha? Está sendo maltratada ultimamente?

Atravessou o cruzamento com o semáforo mudando de amarelo para vermelho e deu um gritinho enquanto ria.

— O nome Kuro significa "alguém que não tem habilidade nem charme", não é?

Depois de falar isso, Taeko refletiu que ela e a gata eram parecidas.

O nome "Taeko" tinha o ideograma 耐 (tae), que significava "suportar", acrescido de 子 (ko). Seus pais disseram que, inicialmente, tinham a intenção de colocar os ideogramas 多恵 (tae), que significavam "fartura de bênçãos", mas uma cartomante grafóloga lhes disse que o número de traços totais do nome 多恵子 (Taeko, que totalizaria dezenove *kaku*, ou seja, a contagem de traços ideográficos) era péssimo e traria azar. Por isso, acabaram mudando de ideograma para 耐 (tae), alterando o nome de 多恵子 para 耐子, diminuindo de dezenove para doze *kaku*. Taeko não sabia por que seus pais não perceberam que grafologia seria inútil, já que o nome mudaria caso a filha se casasse.

A primeira vez que Taeko mudou seu sobrenome foi trinta anos antes, ficando com a pior quantidade de traços possível.

Três anos depois, voltou ao sobrenome de solteira.

No ano seguinte, mudou novamente de sobrenome. Dessa vez, também acabou resultando em um péssimo número de traços.

Dez anos depois, ao perceber que era quase impossível evitar uma quantidade de traços ruim, ela voltou a usar seu sobrenome de solteira após se divorciar. Pensou ter aprendido a lição e havia decidido jamais se casar de novo. Porém, depois de algum tempo, acabou se casando e, mais uma vez, mudou de sobrenome. Tinha 40 anos na época. Era inacreditável, mas novamente o total de ideogramas acabou resultando em um número terrível de traços.

Entretanto, a experiência de vida trazia sabedoria. E Taeko passou a apreciar as lições que aprendeu, e aprendeu muitas.

O nome "Taeko" com escrita fonética tinha dez traços. Se mudasse a parte da pronúncia "tae" misturando a escrita fonética com o ideograma, seu número seria modificado para quinze traços. Pela grafologia, o total de traços acabaria formando um número de máxima sorte. Então, Taeko achava que seus pais deveriam ter adotado o ideograma que formava quinze traços, pois talvez assim teria evitado seus tantos divórcios.

O GPS concluiu a varredura da área e localizou três locadoras de carros em um raio de dez quilômetros. Entre elas, duas pertenciam a empresas fabricantes de carros, mas a terceira era uma loja um tanto suspeita que dizia ser especializada em carros de luxo importados.

O aplicativo, em uma voz feminina, repetia "Por favor, indique o destino" sem parar. Taeko gritou para o aparelho se calar e falou para Kuro:

— Já que vamos viajar, que tal alugarmos um carro de luxo? Que tal um Volvo? Ou um Mercedes-Benz? Ou, quem sabe, um BMW?

Ela estava com muito dinheiro. Podia gastar à vontade — uma chance única na vida.

— Kurozinha, o que você acha?

Kuro balançou preguiçosamente o rabo fofo de pelos longos. Taeko resolveu interpretar isso como um "sim".

Havia disponibilidade de alugar um Mercedes-Benz Classe S. Como a loja exigia que fosse realizada uma reserva antecipada, Taeko precisou pagar a mais para alugar na hora, um valor exorbitante a ponto de os funcionários da loja ficarem receosos.

Em princípio, parecia que o transporte de cães e gatos era proibido e, por isso, ela prometeu aos atendentes que não tiraria a gata da caixa transportadora de forma alguma e já deixou paga a limpeza do carro, um valor igualmente exorbitante.

No primeiro sinal vermelho, já descumpriu sua promessa.

— O que você achou do carro? É um Mercedes-Benz. Se for comprar, deve custar mais de dez milhões de ienes. Depois de passearmos, se for um veículo bom mesmo, podemos comprá-lo! Que tal?

Se ela de fato quisesse, tinha o dinheiro para a aquisição.

Quando Taeko mostrou a carteira de habilitação na locadora, aceitaram o aluguel tranquilamente, então ela ainda não devia ter sido descoberta.

Para chegar até a interseção das estradas, bastava seguir reto pela rodovia de pista dupla com seis faixas. Para uma pessoa acostumada a um carro leve, dirigir o Mercedes era como conduzir um ônibus ou um caminhão. O interior do automóvel era enorme, parecia uma sala de estar. E o volante ficava do lado esquerdo, o que dava a sensação de estar dirigindo um veículo completamente diferente de um simples carro.

— Que silêncio. Deve ser isso que as pessoas querem dizer quando falam que um carro "desliza".

Tanto o barulho do motor quanto os sons do vento e da locomoção do carro eram tão baixos que seria necessário prestar muita atenção para ouvi-los. A mulher tinha a impressão de que seu carro, que havia deixado no estacionamento da locadora, fazia muito barulho mesmo depois de desligado.

— Sabe, Kurozinha, o motor daquele carro pequeno faz um som parecido com "po-bre, po-bre, po-bre". Sério! Juro. E, quando freia, faz um "sa-lá-rio, sa-lá-rio, sa-lá-rio"... Pode parecer inacreditável, mas é verdade, viu?

Kuro nada disse. Ela, que não miava muito desde jovem, depois de velha parecia ter emudecido.

Taeko ficou pensando se a gata se comportava do mesmo jeito quando estava com outras famílias, ou se mudava de acordo com o gosto de cada pessoa.

Mesmo que fosse uma cliente de longa data, o gerente não falava nada para Taeko. Quando foi indagado se havia mais mulheres ou homens entre as pessoas que levavam Kuro para casa, o gerente respondeu que não podia lhe dar essa informação. Só dizia que apenas felinos extremamente espertos podiam ser Gatos com Manta.

Ela não sabia se Kuro era tão esperta assim. Se fosse considerar somente o aspecto físico, a Kuro nova parecia ser mais ativa.

Mesmo assim... a Kuro original era uma boa gata, provavelmente por já haver uma simpatia mútua.

Para Taeko, as viagens de carro com Kuro eram os melhores momentos de sua vida. Naqueles três dias, ela conseguia compensar os três meses de silêncio causados pela falta da gata.

Quando pegava a Kuro nova, ainda ficava um sentimento incômodo. Fazia muito tempo que ela não via a Kuro original, e não parava de falar bobagem e dar risada ao lado da gata.

— E outra: meu carro, quando liga o para-brisa, faz um barulho que soa como "dí-vi-da, dí-vi-da". E a seta solta um "can-sei, can-sei, can-sei, can-sei"...

Taeko achava que estava no auge da felicidade. Fazia dois anos que não se sentia assim. Havia muita coisa dentro dela, prestes a explodir.

O carro se aproximou da interseção das estradas. A via para Nagano estava vazia. Um pouco atrapalhada com a alavanca da seta, que ficava em um lugar diferente do que estava acostumada, Taeko seguiu para a pista da esquerda. Desabituada com o volante à esquerda, ela deu um solavanco com o carro, mas, como os automóveis que vinham atrás mantinham uma distância segura, ela não precisou se afobar.

— Nada como um Mercedes-Benz. Se fosse um carro barato, com certeza teríamos ouvido buzinadas.

Realmente, fazia muito tempo que ela não se sentia tão bem assim. Queria aproveitar a vida. Queria conversar e rir até não aguentar mais.

Então, resolveu tirar o peso insuportável de seus ombros.

— Kurozinha. Eu... acabei roubando...

O carro havia entrado na via para Nagano.

2

Na verdade, ela não havia assaltado ninguém.

O que Taeko havia feito foi desviar dinheiro da empresa onde trabalhava. Era um atacado de materiais para escritório, e o valor do desvio era o capital de giro da empresa — uma soma de cerca de trinta milhões de ienes.

Era uma empresa familiar bem pequena. Porém, mesmo sendo pequena, não era ambiciosa demais, mantendo sempre em mente a busca pelo sucesso de forma responsável. Como todas as empresas do momento, não estava fácil mantê-la na ativa, mas conseguiam encontrar brechas deixadas pelas empresas maiores, preenchê-las e tocar o negócio.

O presidente da empresa confiava em Taeko de olhos fechados. Tinha sido assim com o anterior, pai do presidente atual, e era assim também com o diretor-geral, que era filho do presidente atual. Eles até a tratavam pelo primeiro nome. A confiança era tanta que o livro de contabilidade que ela controlava nunca era checado.

— Eles são muito gente boa — disse Taeko para Kuro, que estava no banco do carona. — Não sei como explicar, mas, para mim, eles pareciam atores de um teatro fofo.

Falando isso, aumentou ainda mais a velocidade do carro, que já se aproximava de 200 km/h.

Assim como os membros da família do presidente, os funcionários da empresa eram tranquilos. Taeko trabalhou por trinta anos no lugar, então obviamente aconteceram alguns atritos. Entre os funcionários, também havia pessoas com personalidades difíceis, algumas folgadas e outras de cabeça quente. Entretanto, em retrospecto, Taeko sentia que, apesar das diferenças, todos eram boas pessoas. Sorriu de leve ao pensar nisso.

Faltavam poucos anos para ela se aposentar. Estava previsto que, antes de sua aposentadoria, o filho do diretor-geral, que ela conhecia desde criança e que a chamava de "tia Tae", iria assumir o cargo do pai. O presidente tinha dito a ela que, mesmo depois de se aposentar, poderia retornar à empresa como funcionária terceirizada.

Taeko não estava insatisfeita com o emprego quando saiu. Ela tinha certeza de que teria apenas boas lembranças daquela época.

— Sou uma pessoa horrível, não sou? — dizendo isso, ela se aproximou do carro à sua frente, que andava na faixa de rolagem, para que saísse do caminho.

Pôde-se ouvir o automóvel, que possuía um adesivo de "Bebê a bordo" no vidro traseiro, soltar um guincho enquanto fugia para a faixa mais à esquerda. Talvez isso até se devesse à toda a majestade, imponência e força do Classe S.

De repente, Taeko lembrou-se do antigo presidente da empresa, que, mesmo desejando ter um carro importado, em toda a sua vida conseguiu apenas ter o carro nacional Toyota Crown. Também recordou a alegria do presidente atual quando comprou para a empresa um Celsior/Lexus LS, também da Toyota.

Trinta milhões de ienes.

Essa quantia não foi adquirida através de aplicação financeira ou compra e venda de imóveis. Tinha sido conquistada ao longo dos anos, com muito sacrifício, envolvendo desde o presidente até o mais simples funcionário, negociando com os clientes, suando a camisa, e, nas festas da empresa, deixando de lado a timidez para agradar os convidados. Quando os negócios iam mal, o valor do capital de giro diminuía, e, quando iam bem, o valor aumentava, servindo como barômetro da força da empresa.

Taeko se apropriou de toda essa quantia.

— Sou uma pessoa terrível mesmo, não sou?

Kuro permaneceu em silêncio e, se espreguiçando vagarosamente, mudou do assento do carona para o banco traseiro.

Quando estavam no carro mais simples de Taeko, a gata precisava se contorcer e espremer para transitar pelo automóvel. Comparado a isso, o Classe S era mais amplo, permitindo que a enorme gata andasse livremente.

— Kurozinha, vamos descansar na próxima parada?

A gata ronronou, como se dissesse: "Vamos!"

Após fazer uma parada, pouco depois da cidade de Kōfu, capital de Yamanashi, Taeko soltou Kuro em um pequeno bosque ao lado do restaurante. Kuro, já idosa, caminhou vagarosamente, sem se afastar muito, e deitou-se.

Taeko, sentada em um banco e tomando café em um copo de papel, olhou vagamente para as costas de Kuro. Os pelos pretos dela, que brilhavam quando era mais nova, estavam ressecados e opacos.

A ração que o gerente do pet shop entregou era em forma de patê, feita para gatos idosos com dentes fracos. Sua respiração parecia pesada.

Taeko conheceu Kuro sete anos antes, depois de se divorciar do terceiro marido.

Mas ela não procurou um Gato com Manta por estar solitária.

Quando ela ouviu falar da existência de um serviço de locação de gatos, provavelmente através de uma revista, ficou pasma. Ficou boquiaberta tanto com o fato de que houvesse lojas que ofereciam o serviço quanto com a existência de pessoas que o quisessem.

Quando Taeko alugou a gata pela primeira vez, foi por diversão. Em relação à cor, sabia desde criança que gato preto era considerado mau presságio, e gostava disso. Por isso, resolveu nomeá-la "Kuro, a pretinha".

Ela pensava que o gato que mais combinaria com ela seria o que dava azar: o gato preto. Lembrava-se de um trecho de um poema de Shūji Terayama:

Existe um gato
chamado Infelicidade
ele está sempre aqui
ao meu lado

O gato que se fundiu com a infelicidade. Taeko decidiu, então, que o felino do poema seria um gato preto.

Por isso, o outro nome de Kuro era "Infelicidade". Durante cinco anos, em toda estação, Taeko viajava de carro com a Infelicidade no banco do carona.

No sexto e sétimo anos, a mulher tinha viajado na companhia da Kuro nova, mas, apesar de ter uma pelagem preta bem bonita, quando comparada à primeira gata, faltava presença. Porém, Taeko só havia se dado conta disso após reencontrar a Kuro original, depois de todo aquele tempo, e sentiu que a gata de nome Infelicidade só poderia ser *esta* Kuro.

Perto de Kuro, uma borboleta voava de um lado para o outro.

A Infelicidade fechou os olhos.

Então se espreguiçou e bocejou.

E mexeu as orelhas.

Uma menina, de mãos dadas com os pais, viu a Infelicidade e gritou, alegre:

— Olha, que gatinho fofo!

Mas os pais apenas franziram a testa e murmuraram algo sobre como teriam que ter cuidado ao partir.

A Infelicidade, sem se levantar, virou-se para Taeko.

— Vamos? — chamou Taeko, abrindo a portinha da caixa transportadora que estava a seus pés.

A Infelicidade caminhou vagarosamente em direção à caixa.

E entrou.

Taeko fechou a portinha da caixa, pegou a alça e se levantou. A viagem de Taeko, acompanhada da Infelicidade, precisava seguir.

Depois de passarem pelo lago Suwa, na primeira bifurcação, saíram da autoestrada. Então Taeko dirigiu pela rodovia federal em direção ao norte e, no meio do caminho, passou para uma alameda. Chegariam à pousada em duas horas, próximo ao pôr do sol.

O rádio do carro ainda não noticiava o que havia acontecido. Taeko não sabia se o crime que tinha cometido era tão pequeno que nem valia a pena noticiar ou se os donos da empresa ainda não haviam percebido o desaparecimento do dinheiro.

— Tanto faz — disse Taeko, rindo.

Quando parou no posto de gasolina na beira da estrada, telefonou para a pousada a fim de perguntar novamente se era permitido levar gatos.

Alguns anos antes, na viagem de inverno, houve um problema de comunicação entre a agência de turismo e a reserva do hotel e, no momento de check-in, o pernoite foi recusado. Naquela ocasião, ela não ficou com raiva e se conformou, convencendo-se de que era natural que isso acontecesse, já que estava na companhia da Infelicidade.

Naquele dia, ela e a gata foram parar num hotel de quinta categoria. Kuro pulou várias vezes na cama redonda, mirando seu reflexo no espelho do teto. Taeko lembrava que, naquela época, assim como ela própria, Kuro também era jovem.

Depois de encher o tanque, chamou Kuro gritando:

— Estamos quase lá! Vamos!

E ela mesma respondeu:

— Isso aí!

Enquanto isso, Kuro cochilava, encolhida, no banco do carona.

Taeko não odiava a família do presidente nem a empresa. Não tinha nenhuma razão específica para querer trinta milhões de ienes. Além disso, sabia a importância dessa quantia para o negócio.

— Se eu for presa, com certeza vão me perguntar o que me motivou a fazer isso, não é? O que devo responder...?

Ela não havia feito aquilo por mero impulso. Sabia que havia pessoas cleptomaníacas, e acreditava que as compreendia, mas achava que não era o seu caso.

— Kurozinha, se fosse você, que justificativa daria?

Não obteve resposta.

— Difícil, né? Nem eu tenho uma resposta...

Taeko se esforçou para encontrar uma resposta e concluiu que se assemelhava à ação de uma criança. Foi um comportamento similar ao de uma criança que ia arrancando as flores do canteiro do jardim, uma a uma; ou ao de uma criança que derrubou, num piscar de olhos, a torre de Jenga que montou a muito custo; ou ao de uma criança que arrancou o pescoço de uma boneca Licca-chan, que estava carinhosamente guardada, vestida e bem penteada...

Mas já passei dos 50 anos!, pensou ela e riu desconcertada.

Depois que entraram em uma alameda, os postes de luz da estrada desapareceram. Como o caminho era ladeado por montanhas, não havia luz do sol suficiente ali, e logo tudo ficou escuro. Ao acender os faróis, a rua à frente foi tomada por um branco leitoso, fazendo parecer que o interior do veículo estava ainda mais escuro.

— Escute, Kurozinha... Por que eu não tenho... hã, como vou explicar... sorte?

Taeko contou tudo sobre seus casamentos para Kuro. O primeiro marido escolheu a amante. O segundo gostava de beber e de jogatina e nunca trabalhava. O terceiro era viúvo — perdeu a esposa para o câncer — e tinha filhos; era um homem calmo e trabalhador, e sua serenidade era tanta que o impedia de intermediar os conflitos entre ela e seus filhos, que a rejeitavam, e, por fim, resolveu deixá-la dizendo que seria o melhor para seus filhos.

— Inacreditável, não é? Alguns dias atrás, uma amiga me disse que não tenho sorte com homens por causa do carma das minhas vidas passadas... Ela me disse para procurar um parapsicólogo... disse também que conhece um confiável, e perguntou se eu queria marcar uma sessão... Que bobagem!

A rua estava deserta, e era raro encontrar algum carro vindo na direção contrária. O para-brisa começou a embaçar, provavelmente pela queda de temperatura. Taeko encontrou com facilidade o botão de aquecimento, porém, por mais que apertasse, não funcionava. Enquanto isso, o para-brisa traseiro e os vidros laterais também passaram a embaçar. Sem se preocupar muito, ela continuou dirigindo.

— E você, Kurozinha, como foi a sua vida como Gata com Manta? Era divertida? Ou foi ruim igual à minha? — perguntou despretensiosamente.

Então, percebeu que faltava algo. Não sentiu a presença de Kuro, que deveria estar no banco do carona. Esticou o braço e tateou o assento ao lado, mas não sentiu nada.

— Ué! Kurozinha, está aí atrás? Quando você foi para aí? Nem percebi, com essa escuridão toda.

Taeko queria virar para trás a fim de conferir se Kuro se encontrava lá, mas estava em uma região em que a pista tinha muitas curvas acentuadas, na encosta do rio. O para-brisa continuava embaçado e, dirigindo um carro com volante do lado esquerdo, diferente dos veículos japoneses, não conseguia olhar o espelho retrovisor para ver a parte traseira.

— Kurozinha! Kurozinha? Por acaso você dormiu?

Não obteve resposta. Nem notou movimento.

— Acho que dormiu...

Quando diminuiu a velocidade, Taeko, pensando que seria melhor colocar a gata na caixa transportadora, viu uma placa da hospedaria para onde estavam indo, indicando que faltavam dois quilômetros para chegar.

— Então vamos direto para lá.

Taeko pisou no acelerador novamente. A luz do farol enfraqueceu por causa da neblina que subia do rio.

Ao estacionarem em frente à pousada, um idoso vestindo casaco *happi* saiu do prédio, como se estivesse esperando por ela. Taeko baixou a janela, apresentando-se e dizendo que a gata iria acompanhá-la. O senhor, respondendo que estava avisado e sorrindo muito, disse:

— Estão todos à sua espera.

— Hein?

— Pode deixar seu carro aqui mesmo — disse o homem, desaparecendo dentro do prédio.

A expressão confusa de Taeko se transformou em uma risadinha. Soltou o cinto de segurança, virou-se para o banco de trás e falou com Kuro:

— Mas que coisa! Ele deve estar nos confundindo...

Taeko perdeu o fôlego. Kuro não estava ali. A mulher até acendeu a luz para enxergar melhor, mas não encontrou nada.

Afobada, desceu do carro, abriu a porta traseira e olhou no chão, bem como debaixo dos assentos, mas Kuro não estava em lugar nenhum. Então, passou para o lado do banco do carona e abriu a porta. Suas mãos e seu queixo tremiam.

— Kuro? Kurozinha? Onde você está?

A gata também não estava embaixo do assento do motorista. Nada da felina.

Taeko levantou-se, entoando "acalme-se" para si mesma. De dentro do prédio, ouviam-se as risadas das pessoas, provavelmente de um grupo de hóspedes. Todas as vozes que ouvia eram familiares a Taeko.

3

Por mais que procurasse, Taeko não conseguiu encontrar Kuro.

Não era possível que a tivesse perdido no meio do caminho. E a probabilidade de a gata ter descido antes da mulher era menor ainda.

Aturdida, Taeko sentia seu coração cada vez mais agitado pelas vozes que vinham de dentro da pousada. Eram muito familiares. Uma, duas, três, quatro pessoas... Ela tinha certeza de que já havia ouvido aquelas vozes. Podia imaginar os rostos dos donos dessas vozes. Todos sorriam, felizes. Aquelas pessoas não deveriam estar ali.

A mulher balançou a cabeça de um lado para o outro com força.

A neblina ficou ainda mais espessa. Quando Taeko inspirava, o ar esbranquiçado se embrenhava em seu peito, deixando-a sem fôlego. A umidade agarrava no fundo de sua garganta.

— Cadê a tia Tae? — perguntou uma criança.

Não era imaginação. Taeko tinha certeza de que um menino falava seu nome, com uma voz bem nítida.

— Ela está demorando. Onde está? — indagou o garoto.

— Deve chegar daqui a pouco — respondeu um homem. — Ela só está um pouquinho atrasada.

O menino era Taro, filho do diretor-geral. Taro, que deveria ter mais de 20 anos, estava dentro da pousada falando com voz de criança. Quem respondeu a ele foi o pai, que falou com a voz que tinha atualmente, de um homem em torno de 45 anos.

— Tomara que ela chegue logo...

Taeko, como se guiada pela voz do menino, começou a caminhar cambaleante.

Ao entrar na pousada, o idoso usando *happi* que ela havia visto antes apareceu.

— Por aqui — disse ele, indicando o cômodo no final do corredor.

— Não estou encontrando a minha gata...

— Sim, estamos sabendo.

— Ela desapareceu. Até há pouco estava dentro do carro, mas sumiu.

— Sim, sim. Estou informado.

— O que está acontecendo? Onde estou?

— Todos estão esperando a senhora.

— Escuta aqui...

— Sra. Taeko, estão esperando a senhora há muito tempo — disse o homem, mais uma vez indicando o final do corredor. — Por favor.

O corredor era comprido, com piso de madeira preta e lustrosa. Ali também havia neblina, que devia ter entrado por alguma fresta.

Sem saber quando tinha tirado os sapatos, Taeko seguiu naquela direção.

A porta de correr se abriu. Taro enfiou a cabeça pelo vão para espiar.

— Tia Tae!

Ele ria com a cara amarrotada e gesticulava, chamando Taeko para entrar na sala. Atrás dele, via-se o presidente da empresa, com seus 60 anos.

— Que demora, Taeko! Esperamos por você esse tempo todo.

O presidente estava com a aparência que tinha atualmente.

— Ficamos preocupados, achando que você tinha sofrido algum acidente de carro.

Ao lado dele, sua esposa também olhava para o corredor, com a cara de vinte anos atrás — época em que, praticamente todos os dias, desabafava com Taeko sua insatisfação com a sogra.

Os pés de Taeko estavam plantados no chão.

Porém, de alguma forma, seu corpo seguia em frente.

Parecia que a neblina havia se concentrado. De repente, ela sentiu que flutuava.

No salão, estavam presentes os integrantes da empresa onde Taeko trabalhava. Lá estavam tanto o colega que ocupava a mesa ao lado da dela quanto um ex-colega que tinha se aposentado havia muito tempo. As idades variavam. Havia gente tomando saquê com aparência da época que era bem jovem, e outros, pegando *sashimi*, com aparência dos dias atuais. Alguns usavam penteados familiares. Também havia uma pessoa que parecia ser conhecida, a quem Taeko tinha vontade de importunar dizendo: "Apresente logo a nota fiscal. Você é tão lerda!"

Todos estavam rindo.

Eles recebiam Taeko, que havia roubado a empresa, com sorrisos inocentes. Ela se perguntou se eles ainda não tinham descoberto. Então piscou várias vezes, convencida de que aquilo era uma miragem. Só podia estar sonhando. Mas era tudo tão vívido...

A panela no fogo exalava cheiro de missô, e o saquê quente que serviam — do qual Taeko provou — tinha realmente o gosto da bebida alcoólica.

— Tia Tae, por que você está chorando? — perguntou Taro, todo dengoso.

— Não estou chorando. Olha, sem lágrimas.

— As lágrimas podem não estar caindo, mas sei que a tia está chorando... Ei, tia Tae está chorando agora, não está?

Todas as pessoas, quando indagadas a respeito, concordaram.

Isso era impossível.

Porém...

— Tia Tae, pare de chorar, por favor — pediu o garoto, abraçando Taeko por trás. — Não chore mais.

A voz a atravessou. Era muito aguda, mas de alguma forma aveludada e suave. Como a de qualquer garotinho.

O menino sentou-se confortavelmente no colo de Taeko.

— Taro, pare com isso. É falta de educação — repreendeu a mãe dele, rindo.

O diretor-geral, rindo desconcertado e levando a taça de saquê à boca, disse:

— Perdão, esse pirralho é meio dengoso.

— Papai, não pode falar "pirralho"!

— Que chatice! Você só sabe reclamar.

— Mas não pode mesmo, papai. Eu tô certo, né, tia Tae?

Concordando, Taeko acariciou a cabeça do menino. Taro encolheu os ombros como se sentisse cócegas e, erguendo o rosto para encará-la, repetiu:

— Não chore mais.

— Estou chorando mesmo...?

— Sim, está. Parece que está muito triste.

— Não estou triste. Estou contente em reencontrar vocês — disse Taeko, as palavras saindo com naturalidade.

— É mesmo? — indagou Taro.

Os sorrisos das pessoas ao redor se intensificaram.

Taeko, com o garotinho no colo em uma posição desconfortável, tomava saquê. Aos poucos, seu peito foi se aquecendo.

— Tia Tae, não chore.

— Chorando...? Estou mesmo chorando?

— Sim, tia, está. Por que está triste? Aconteceu alguma coisa? — perguntou o garoto.

Ele se ajeitou no colo dela e esticou uma mãozinha para tocar seu rosto. Pedindo que não chorasse, acariciou devagar sua bochecha, como se quisesse secar as lágrimas que caíam.

— Tia Tae, não chore. Quando a tia chora, eu também fico com vontade de chorar — disse ele, em tom de tristeza.

Ainda acariciando o rosto de Taeko, ele acrescentou: — Não estamos com raiva de você.

Uma nuvem de neblina entrou no corredor, e o peso de Taro sentado no colo de Taeko foi desaparecendo. Os sorrisos das pessoas ao redor foram se desfazendo naquela névoa esbranquiçada.

— Tia, pare de chorar.

A voz de Taro vinha de bem longe, acima da cabeça de Taeko. Quando ela ouviu um *créc* vindo do colo, espantou a neblina que envolvia o garoto e viu seu crânio minúsculo.

Ela engoliu em seco e soltou um grito gutural.

— Taeko — chamou o diretor-geral.

— Taezinha — chamou a esposa do presidente.

A neblina que encobria o rosto dos dois se dissipou, e Taeko viu que eram dois esqueletos vestindo *yukata*, um quimono disponibilizado para os hóspedes da pousada, olhando para Taeko. Todos haviam se transformado em esqueletos. E encaravam a mulher.

— Por quê? — perguntou alguém, de repente.

— Nós éramos amigos. Como pôde? — questionou outra pessoa.

Taeko soltou um grito abafado.

— Não estamos zangados — falou a caveira no colo dela. — Ninguém aqui está com raiva de você, tia Tae.

Ela queria fugir, sair correndo dali, mas suas pernas estavam bambas, e não conseguia sequer levantar.

— Não chore, tia Tae.

— Sra. Taeko, a senhora não precisa chorar.

— Isso mesmo. Tae, você já chorou muito. Não precisa mais fazer isso.

— Sorria, tia Tae.

— Vamos, você sempre foi sorridente.

— Taezinha, pare de chorar.

A neblina se intensificou, e Taeko também foi envolvida por ela.

Enquanto a névoa tapava sua visão como uma cortina, os esqueletos foram desmoronando.

O crânio que estava sobre o colo de Taeko também foi se desintegrando, começando pela mandíbula.

Taeko segurou o crânio contra o peito, que, antes de se desfazer completamente, deixou uma sensação saudosa, de uma pessoa de quem Taeko sentia falta.

A neblina encobriu tudo, e o mundo se dissolveu.

Ao longe, ouviu-se o miado de um gato.

A Infelicidade apareceu, saindo da neblina, e muito lentamente se aproximou da mulher.

Taeko se encontrava em um ofurô ao ar livre, mergulhada na água quentinha da banheira. Podia ver a gata encolhida em cima de uma grande rocha.

Ela sacudiu a água da mão, querendo saber se os respingos fariam barulho. Depois, deu um grande suspiro. Esfregou a mão que estava mergulhada na água, e, com um beliscão, teve certeza de que havia voltado ao mundo real. Uma tristeza repentina tomou conta dela.

— Kurozinha... Por que você fez aquilo? Foi tão cruel — disse Taeko, observando a gata.

A felina fingiu não ouvir nada e continuou olhando para o lado.

— Desde quando você se transformou em um *bakeneko*, um gato monstro?

Naquele momento, ela acreditava no poder sobrenatural dos gatos. De acordo com as lendas, comuns em revistinhas infantis, um gato se transformava em *bakeneko* após viver muito, desenvolvendo poderes mágicos e sombrios, capazes de amaldiçoar pessoas.

— Kurozinha, você está chateada comigo? Deve ser por isso que me mostrou aquilo.

Taeko lançou à gata um olhar de repreensão. Por outro lado, também achou que Kuro talvez estivesse pensando em perdoá-la, e por isso a fez ver aquelas cenas. Por mais que a mulher questionasse, Kuro não respondeu. Em vez disso, a gata esticou seu corpo, mais escuro do que a própria escuridão, e ficou de bruços sobre o rochedo.

— Já terminou? Seus poderes acabaram?

Em retrospecto, não parecia ter sido um pesadelo. Na verdade, havia despertado em Taeko a vontade de colocar Taro no colo e abraçá-lo com força.

— Kurozinha, me responda. Você é minha amiga, não é? Já nos conhecemos há muito tempo.

Se encontrasse novamente os colegas da empresa, Taeko gostaria de dizer para eles aquilo que não pôde dizer poucas horas antes — e provavelmente o faria aos prantos. Antes, haviam dito que Taeko estava chorando, mesmo que não estivesse. Taeko imaginava se, da próxima vez, Taro diria que ela estava rindo e com uma cara feliz.

De repente, Kuro se levantou e pulou para a rocha ao lado. A escuridão da floresta atrás dela era mais densa do que a noite.

Os olhos de Kuro, amarelos com um toque de azul, se sobressaíam na escuridão. A Infelicidade encarava Taeko. Ela, por sua vez, continuou mirando os olhos da gata.

— Eles eram ótimas pessoas. Eram mesmo...

Havia muitas pessoas de quem Taeko queria se vingar no mundo, mas nenhuma delas era da empresa.

— Por que eu fiz uma coisa dessas...?

Taeko sentia um aperto no peito, algo que ultrapassava arrependimento e remorso.

— Kurozinha, você já deve saber a resposta, não é?

A gata, em silêncio, olhou para Taeko.

— Somos amigas, certo?

Não obtendo resposta, Taeko se levantou vagarosamente do ofurô. Um pouco acima de seu umbigo, havia uma cicatriz.

— Disseram que estou com câncer — contou Taeko e riu. — Um câncer terminal. Abriram minha barriga, mas não puderam fazer nada...

Pela primeira vez, Kuro soltou um "miau".

4

Taeko acordou por causa do frio. Ela foi para a sala, onde havia um conjunto de mesa e cadeiras de vime. Ao abrir a janela, a neblina do jardim de inverno entrou.

A noite, mais longa que a de Tóquio, parecia interminável. Taeko sentiu o cheiro de musgo e foi atingida pela nostalgia, apesar de nunca ter morado em um lugar como aquele, cercado pela natureza.

Ela se sentou em uma cadeira e tomou um gole da cerveja que havia deixado pela metade na noite anterior. A bebida, já choca, desceu com muito mais facilidade do que o esperado.

De repente, algo se moveu na escuridão. Era Kuro saindo de sua caixa, no quarto ao lado. A gata andou em silêncio e apareceu na sala. Assim que Taeko a cumprimentou com um "bom dia", Kuro pulou na cadeira em frente a ela. A Infelicidade se aproximava novamente de Taeko.

— Ainda são quatro da manhã. Você também passou a acordar cedo depois de velha? — perguntou ela. Então murmurou: — Ah, é! Gatos são seres noturnos.

Kuro não respondeu. Em vez disso, saltou da cadeira e foi para o jardim. Depois de alguns passos, desapareceu na escuridão. Taeko pensou que, se os gatos eram feitos para caçar à noite, então os pretos deviam ser os mais hábeis.

Mesmo depois de Taeko esperar por um bom tempo com a janela aberta, Kuro não retornou. A mulher apertou o *yukata* ao redor de si e ergueu os pés descalços, que pisavam no chão frio. Tinha preguiça de buscar meias e *tanzen*, um casaco grosso, mas, se ficasse ali, exposta à neblina que entrava pela janela, poderia pegar um resfriado.

— Kurozinha, vamos voltar a dormir. Vou fechar a janela, estou com muito frio. Tá bom?

Não se ouvia nenhum barulho vindo do jardim. Não tendo escolha a não ser esperar pela gata, Taeko se virou, com a intenção de buscar um agasalho, mas o cômodo em que antes estava havia sumido. Ela estava afundada em um lago tomado pela neblina. Onde antes havia cobertas, via-se uma menina sentada. Tinha idade de estudante do ensino fundamental, com corte de cabelo chanel e vestindo uma saia com cinto e suspensórios.

A menina indagou qual era o problema, e quando a infelicidade havia adentrado a vida de Taeko. A mulher abriu um sorriso amargo, recusando-se a responder.

A menina, dando uma risadinha, encolheu os ombros e, olhando maliciosamente para Taeko, perguntou-lhe se gostaria de se encontrar com alguém — se quisesse, poderia realizar seu desejo. Algumas pessoas vieram à mente de Taeko, mas logo sumiram, como bolhas de sabão estourando.

A imagem que sobrou foi a de uma menina, seu rosto flutuando na neblina. Seu sorriso era familiar à mulher. Taeko perguntou-lhe se estava com raiva dela por ter construído uma vida daquelas. A menina respondeu que estava surpresa, mas não sentia raiva. Taeko explicou que se esforçou ao máximo, mas que nada dava certo, e que havia muitas pessoas horríveis que faziam coisas detestáveis contra ela, que não era necessário listar, pois a garota já sabia de tudo. A menina assentiu com a cabeça. Taeko continuou, mencionando que essa foi a primeira vez que havia feito tal coisa. Que havia pensado em trair, machucar e causar sofrimento a outras pessoas.

Quando o médico contou que ela estava com câncer terminal, Taeko não sentiu medo. Apenas sentiu que a longa novela chamada "Minha Vida" estava, como os jovens diziam, próxima ao *game over*.

Parecia que sua vida não teria um final feliz, e ela não esperava nenhuma reviravolta. Porém, ao perceber que não deixaria nenhum legado, se sentiu triste. Queria agarrar com unhas e dentes essa vida que ia ladeira abaixo, a caminho da infelicidade. Queria deixar algum legado, nem que fosse uma coisinha de nada, do tamanho de um arranhão de gato.

— O que fez você escolher pessoas tão queridas para trair? — indagou a menina, com expressão inocente.

— Não me chame de "você"! — exclamou Taeko em um grito estridente. Porém, seu grito foi abafado pela neblina.

— Por que você escolheu aquelas pessoas, se havia outras que mereciam algo tão ruim? — insistiu a garota.

Não havia tom de repreensão nem de cobrança em suas palavras. Era uma simples pergunta.

— Não me chame de "você"! — gritou Taeko novamente.

Tentou jogar o copo que estava em cima da mesa em direção à menina. Porém, sua voz foi engolida pela neblina mais uma vez, e a mão que pensou ter agarrado o copo não encontrou nada, fechando-se em um punho no vazio.

— O que você estava tentando fazer? — perguntou a menina.

Seu tom de voz não era de quem buscava uma resposta, mas de alguém que procurava dar uma lição em uma criança e fazer sentir o peso do silêncio. Taeko lançou à menina um olhar enérgico.

A garota, abrindo um sorriso, se corrigiu.

— O que *nós* estávamos tentando fazer?

No meio de uma estrada que margeava um rio e seguia em direção à rodovia federal, ao fazer uma curva acentuada com o carro, o sol de início de verão iluminou o veículo.

— Parece que vai fazer calor hoje.

Taeko achou que Kuro, sentada no banco do carona, concordava com ela, indiferente.

— Na praia, talvez possamos ficar queimadas de sol! — exclamou a mulher.

Então se perguntou se, com todos aqueles pelos, gatos também se queimavam de sol, e se os de pelagem preta sofriam mais que os outros em dias como aquele.

O carro aumentou a velocidade, seguindo para o norte. Naquele dia, iriam passar a noite em um hotel diante do Mar do Japão. Era o segundo dia de pernoite da viagem de três dias e dois pernoites. Também se aproximava o momento em que Taeko precisaria tomar uma grande decisão.

— Quantas vezes você pode usar sua mágica ainda?

Kuro deu um pequeno bocejo e se encolheu novamente.

Na segunda miragem, Taeko tinha conseguido se encontrar com pessoas de quem sentia saudade. Eram pessoas que pensava que nunca mais veria.

— Como será que o presidente e o restante do pessoal estão? Será que ainda não repararam na conta bancária? Será que notaram e estão em pânico, me procurando?

Taeko pensou naquelas pessoas, que eram genuinamente boas. Não havia nenhuma razão para fazer aquilo com elas, como a menina — aliás, a Taeko de outrora — tinha dito.

— Não sei explicar... Mas você deve entender, não é? — comentou a mulher.

Com certeza ela entendia, pois era uma gata. Era por ser uma gata que, diferentemente dos cachorros que juravam fidelidade aos donos, a felina levava a vida de forma tranquila, livre e no seu próprio ritmo.

Kuro ronronou como se estivesse concordando com Taeko e, ao mesmo tempo, ignorando-a.

O carro atravessou um longo túnel. No meio do caminho, havia uma placa indicando que estavam no cume da montanha. Depois do túnel, havia uma ladeira que continuava por cem quilômetros até chegar ao Mar do Japão.

— Kurozinha, já viajamos muito, não é? Visitamos tantos lugares que até esqueço os detalhes dessas viagens.

Em algumas dessas ocasiões, Taeko, após fazer o check-in no hotel, se atirou na cama e chorou. Numa outra viagem, quando não havia sinal de celular, acabou por ficar conversando em um telefone público, a ligação durando mais tempo do que a viagem de carro. Em determinada noite, ficou bêbada e violenta. Certa vez, pensou em seduzir um homem, mas, sem coragem, dormiu sozinha. Numa das viagens, numa fazenda localizada num planalto, parou o carro, deixou todas as janelas abertas e dormiu o dia inteiro. Também lembrou que passou um dia só observando o movimento de um rio.

Em todas essas viagens, Kuro estava ao seu lado. Sem muita simpatia, porém sem ficar agitada pedindo para descer do carro, a Infelicidade sempre acompanhava Taeko.

— Hoje é o último dia — disse Taeko.

A mulher girou o volante do carro para a direita, mudando de pista em uma curva, na contramão. Não havia nenhum carro vindo da outra direção. Na curva seguinte, fez o mesmo, e novamente não viu nenhum carro vindo em sentido oposto. Antes da terceira curva, Taeko saiu da contramão.

— É... — murmurou ela, rindo desconcertada. — Não se deve fazer mal aos outros, não é mesmo?

Hssssss. Kuro sibilava, com os pelos arrepiados, encarando Taeko. A mulher desviou o olhar, imaginando que a gata poderia perdoá-la e continuar ao seu lado, já que também tinha pouco tempo de vida.

Hssss. Hssss. Hssss. Kuro continuou sibilando.

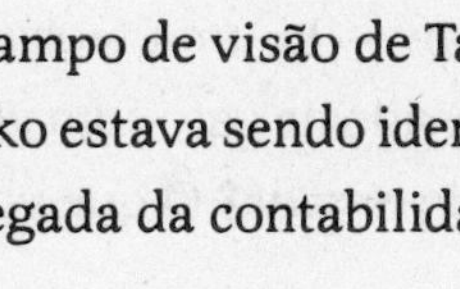

O mar entrava no campo de visão de Taeko quando o rádio noticiou o caso. Taeko estava sendo identificada como "uma funcionária encarregada da contabilidade".

— Procura-se o paradeiro dessa funcionária, que está desaparecida, pois acredita-se que ela detém alguma informação — dizia o radialista.

Ela pensou que isso se parecia com um filme de drama de televisão. Nessa história, um carro abandonado há dias em um estacionamento pago é denunciado e o proprietário é identificado através da placa do veículo. Em seguida, é feita uma investigação, e os detetives identificam Taeko pela lista de pessoas que alugaram o Mercedes-Benz. Taeko queria que a encontrassem através da lista de aluguel dos Gatos com Manta, mesmo que isso não fizesse o menor sentido.

As duas chegaram à praia. Durante o verão, o lugar ficava lotado, mas naquela época ainda nem havia as casas pré-fabricadas temporárias que tomavam conta da área na alta temporada, nem tinha uma alma sequer caminhando pela orla. A praia estava calma.

Taeko desceu do carro e abriu a porta do carona para Kuro, que saiu vagarosamente. Sentindo o sol forte, Taeko se arrependeu de não ter comprado um chapéu de abas largas e óculos escuros no caminho até ali.

— Kurozinha, gatos gostam de nadar? — perguntou Taeko. Ela se lembrava de ter lido em algum livro que os gatos detestavam se molhar. — Li uma teoria que diz que a raça Maine Coon é um híbrido de gato com guaxinim. Guaxinim nada, não é? Ou estou errada? O que você acha?

Falando sozinha, Taeko se dirigiu até a água, inspirando vagarosamente a maresia e depois expirando. Parou várias vezes, inspirou e expirou, enchendo os pulmões com o ar oceânico. Kuro a seguia de perto, o que geralmente não fazia.

Depois de algum tempo, Kuro ultrapassou Taeko e foi se aproximando da água, sacudindo seu corpo enorme, sem se deixar intimidar pelas ondas.

— Kurozinha!

Ignorando o chamado de Taeko, a gata continuava andando em direção ao mar.

— Kurozinha! Eu... Hum... Hoje, ainda não decidi onde...

Taeko engoliu em seco. A palavra "morte" a transpassou, suas entranhas se contorcendo.

Kuro entrou no mar e uma onda a cobriu. No início, a gata esticou as patas molhadas na areia para não ser levada pela onda, mas logo flutuou na água por causa da corrente de retorno.

— Kurozinha! Cuidado!

Taeko correu e, de roupa e tudo, entrou no mar. Kuro se debatia a um metro da areia, mas, ao tentar pegá-la, uma nova onda puxou a gata para ainda mais longe.

— Kurozinha!

A distância entre elas foi aumentando cada vez mais. Talvez por seus pelos terem ficado mais pesados por conta da água, Kuro, surgindo de vez em quando entre as ondas, afundava.

Taeko, soltando gritos inaudíveis, foi atrás de Kuro. Os quadris, o peito, os ombros e o queixo foram sendo tomados pela água, e logo os pés não alcançavam mais o fundo.

Engoliu água. O nariz ardeu, e a dor, misturada à sensação salgada e amarga, atingiu seus olhos.

E Taeko nadou. Estendeu o braço o máximo que pôde e sentiu os pelos de Kuro na ponta dos dedos. Mais uma vez, as ondas levaram a gata para longe. Novamente a mulher estendeu o braço. Mais uma vez as ondas se aproximaram. Kuro soltou um miado estridente. Novamente as ondas a levaram para longe. O som da água batendo nos ouvidos parecia uma voz familiar xingando-a — "tola, tola, tola". Depois de muito tempo, Taeko pensou que aquela voz poderia ser a de sua mãe, havia muito falecida.

Depois de se atirar na areia, Taeko sentiu que o rosto ardia.

— O que você pensa que está fazendo...

Ela encarou de leve Kuro, que estava ao seu lado. A gata, toda molhada e suja de areia, brincava com a ponta de um galho que despontava da areia, como se tivesse esquecido que quase havia se afogado.

— Você está parecendo um croquete ou uma coisinha empanada.

Taeko estava tentando descontrair, mas, vendo Kuro, as lágrimas fluíram. Aquela palavra que não conseguia vocalizar desapareceu, talvez por ter se desintegrado entre as ondas ou por ter se perdido no fundo de seu peito.

— Esta foi... sua última magia?

Kuro nada respondeu, mas Taeko não se importou. Como a gata, deitou-se e, de barriga para cima, contemplou o céu azul. O som das ondas desvanecia, e suas pálpebras ficaram pesadas. O sono tomou conta de Taeko.

— Kurozinha... vamos viajar de carro novamente. Vou buscar você de novo. Não sei quanto tempo vai demorar... Peço que viva um pouco mais...

Depois, Taeko acariciou de leve a cicatriz no abdômen, dizendo "cancerzinho" e dando um breve sorriso desconcertado.

— Cancerzinho, você também quer viajar novamente de carro, não é? Então, vamos ficar amigos. Se eu morrer, você não vai poder viajar.

Ao longe, ouviu o frear de um carro. Depois, portas abrindo e fechando. Deitada, ao abrir os olhos, viu a viatura de polícia parada em frente ao Mercedes-Benz. Um homem fardado olhou a placa do carro e começou a falar pelo rádio. Taeko fechou seus olhos de leve.

— Kurozinha, um dia vamos viajar novamente de carro... combinado?

Kuro se levantou, parou ao lado de Taeko e se deitou, grudada à mulher. Taeko, de olhos fechados, passou a mão nas costas da gata. Acariciou a Infelicidade. Por entre as pálpebras que tremiam, pôde ver os cílios brilharem como um arco-íris.

O gato sem rabo

O menino, que folheava o catálogo, parou de repente. Sentado ao lado de seu pai no sofá do pet shop, o garoto cutucou o joelho do homem.

— Olha só! — exclamou a criança.

— E aí? Gostou de algum?

— Hum... Pois é...

— Qual deles?

O pai deu uma olhada no catálogo. O menino recuou um pouco, se esquivando do pai, que se aproximou sem hesitar, e apontou para uma foto no canto da página, dizendo que aquela raça se chamava Manx, ou gato manês.

— Nunca ouvi falar.

— Nem eu...

— Um gato manês... Não acha que parece faltar algo?

O pai olhou para o gerente, que se encontrava atrás do balcão.

— Esse gato é assim mesmo? Esse da raça Manx? — perguntou o pai.

— Sim — respondeu o gerente, indiferente. — É assim mesmo.

Na descrição, informava:

"Manx – também chamado de gato manês – é um gato de pelo curto originário da Ilha de Man, no Reino Unido. Também é chamado de gato-coelho."

Depois de ler o texto que acompanhava a fotografia, o menino perguntou por que o gato era chamado de gato-coelho.

– Porque ele pula tal qual um coelho – explicou o gerente, em tom amistoso.

– Mesmo sendo um gato?

– Sim. Veja bem a imagem. As pernas traseiras são mais longas do que as dianteiras. Então, mesmo quando andam, parecem saltitar, igualzinho a um coelho.

O menino arregalou os olhos, e o funcionário riu.

– Além disso, eles não têm cauda. Observe o gato da foto. Essa é uma peculiaridade do gato manês.

– É mesmo... Ele não tem rabo.

– O Manx muda de nome conforme o comprimento do rabo. O que não tem nada de rabo é chamado de Rumpy. Depois, vêm o Rumpy Riser, o Stumpy e o Longy, com o rabo mais comprido. Quanto menor for o rabo, mais valioso é. O nosso Gato com Manta é um Rumpy.

Ao ouvir o gerente se gabando do gato, o pai entrou na conversa, rindo incrédulo.

– Em suma, é um gato com defeito, não é? Quanto mais defeituoso, maior o valor. É isso? O ser humano é cruel. Cria um ser assim por puro capricho.

– O senhor está equivocado. Dizem que essa raça surgiu por uma mutação genética natural – falou o gerente, confiante.

— Tanto faz — disse o pai, e colocou um cigarro na boca. — Decida logo, Koji. Vai ser o Manx?

— Sim... Mas espera aí.

O menino virou uma página. O pai espiou novamente as fotos e comentou:

— Mas será possível tantas raças de gato...

A fumaça do cigarro sufocava o menino. Ele prendeu a respiração, abriu um sorriso forçado e voltou para a página anterior.

— Quero o Manx mesmo.

— Certo. Então é isso.

O pai, fumando, se levantou e se dirigiu ao balcão.

— Um gato sem rabo é um pouco estranho, mas, já que meu filho gostou, vou levar ele mesmo. Quanto custa o aluguel?

O gerente, com expressão indiferente, vendo o pai do menino sacar a carteira, disse:

— Posso lhe perguntar uma coisa?

— O quê?

— Seu filho tem quantos anos?

— Ele está no sétimo ano do ensino fundamental.

— É para ele o gato?

— Isso mesmo. Mas quem vai pagar sou eu. Se precisar de fiador, eu posso ser, já que sou pai dele e trabalho.

— Entendi — disse o gerente, assentindo com a cabeça. Então, suspirou e olhou para o pai do menino. — Peço desculpas, mas não está disponível para menores de idade.

O pai, alterado, se inclinou sobre o balcão.

— Espera aí! Se é assim, você deveria ter dito antes.

— O senhor deu uma olhada no nosso site, não é? Acredito que essa informação esteja escrita nas observações... — retrucou o gerente, inabalável.

— E quem lê essas coisas?! Bastava dizer isso quando entramos na loja, não é?! — gritou o pai, de cabeça quente.

O gerente deu de ombros, desviou o olhar e esperou que o pai se acalmasse. O menino ficou sentado no sofá, cabisbaixo e encolhido. Então, o funcionário se empertigou e falou para o homem:

— Quando o gato é para um menor de idade, fazemos em nome do adulto responsável.

— Então, pode fazer em meu nome. Sendo eu a alugar não tem problema, certo? O que preciso preencher? Passe logo para cá o formulário.

O gerente, que pegava o documento da pasta, soltou um longo suspiro e guardou-o novamente.

— Perdão. Não temos como atender o senhor. É melhor ir a outro pet shop.

— Como assim?

O pai encarou o gerente. Ele não tinha aparência ameaçadora, mas parecia ser o tipo de sujeito que vestia terno mesmo nos dias de folga e maltratava atendentes de lojas e restaurantes.

— O gato manês é amável e delicado. Ele percebe se seu dono o trata bem ou não. Então, se o senhor não der carinho a ele...

— Não se preocupe com isso.

— Quando entrego um gato para uma criança, é fundamental que seus pais também cuidem bem do animal. Senão, quando a criança não puder cuidar, vai ser um problema.

— Estou dizendo que vou cuidar bem do gato. Você não acredita nos clientes?

— Não é isso...

— Esse é o negócio de vocês, não é? Já que um cliente quer contratar o serviço, por que a resistência?

O pai tinha pavio curto. Fazia cara feia toda vez que algo não ocorria como ele queria.

— O senhor já cuidou de um gato?

— Não. Mas fique tranquilo. Vamos ficar com ele só por três dias.

Ele demonstrava uma confiança que era o oposto de sua postura ignorante. O argumento do homem deixou o gerente ainda mais apreensivo, que desviou o olhar do pai para a criança.

Seus olhares se cruzaram. O menino estava encolhido observando a discussão entre o gerente e seu pai, imóvel. Parecia que quem estava sendo xingado era ele, e se esforçava para aguentar o temperamento do pai.

— Gostou do Manx? — perguntou o gerente ao menino.

O garoto assentiu com a cabeça, sem dizer nada.

— Então, vou abrir uma exceção para você. Pode levar o gato em seu nome.

— Posso...?

— Pode, sim. Mesmo que seja somente por três dias, dê a ele bastante carinho.

O gerente pegou novamente o formulário e chamou o menino. O pai, deixado de lado, voltou a sentar no sofá, reclamando da falta de profissionalismo daquele estabelecimento. Ao notar que não havia cinzeiro por perto, levantou-se com um muxoxo.

— Koji, vou esperar lá fora. Preencha logo o formulário e pegue o gato de uma vez.

O pai já havia se retirado, mas o seu ar de irritação ainda pairava na loja.

Preenchendo a ficha, o menino se desculpou baixinho pela falta de paciência do pai. Sorrindo, o gerente respondeu que Koji não precisava se desculpar.

— Há pouco, o senhor estava irritado, não estava?

— Como assim, há pouco?

— Quando meu pai falou sobre o gato manês daquele jeito.

— Nem me importei com aquilo — disse o gerente, rindo. Então, acrescentou: — Não sou muito simpático mesmo.

O menino finalmente relaxou. Seus olhos eram grandes, e não se parecia em nada com o pai. Ele era esguio e tinha ares de que era querido por todos. Também parecia receber toda a atenção da mãe, que assim deixava o marido de lado.

— Você gosta de gatos?

— Gosto de todos os animais. Gosto de pegar no colo bichinhos pequenos e fofos.

— Do que você gostou no Manx?

— De início, escolhi por acaso. Depois, pensei que devem ser fofos por pularem como coelhos e não terem rabo.

— Quer saber por que eles não têm rabo?

— Tem um motivo?!

O menino ergueu o rosto e arregalou os olhos. Parecia que ele fazia isso sempre que se surpreendia com algo.

— É apenas uma lenda, mas dizem que o Manx foi o último animal que embarcou na Arca de Noé. Você já ouviu falar da arca?

— É aquela história do dilúvio?

— Isso mesmo. O gato manês pulou na arca no último momento, e, como a porta estava fechando, seu rabo ficou preso e se partiu.

— Nossa, que demais! Quanta sorte! — exclamou o menino, ainda de olhos arregalados.

— Você acha? Ele ficou sem rabo! Não acha que foi muito azar?

— Se ele não tivesse entrado na arca, teria morrido no dilúvio, não é? Foi uma grande sorte ele chegar a tempo de embarcar.

— Nossa... — O gerente assentiu com veemência. — Koji, você é muito positivo, não é?

O menino abriu um sorriso acanhado.

Quando o menino se sentou no banco traseiro do carro, o pai, liberando o freio de mão, falou, ainda irritado:

— Que lugar desorganizado... Se aquele homem não deixasse a gente trazer o gato, papai teria ficado bravo de verdade.

O menino abraçou a caixa transportadora sobre seu colo. Dentro dela, estava o gato manês, enrolado em sua manta. O garoto abriu um pouco a portinha da caixa e acariciou as costas escuras do gato.

— Ko-ji — sussurrou ele.

— Aquele gerente foi horrível até com você, Koji — insistiu o pai. — Ele é muito chato. Está subestimando você por ser uma criança. Papai detesta esse tipo de gente.

O garoto percebeu que seu pai o estava olhando através do retrovisor e deu um sorrisinho.

— Koji, você tem bom coração, então não se importa com isso, mas acho que ele não devia tratar os clientes daquele jeito.

Quando o pai falou "bom coração", o sorriso do menino se apagou.

— Hein, Koji?

— O quê?

— Você gosta da escola?

— Hum... Acho normal.

— Não tem ninguém maltratando você lá, não é? Está tudo bem? Se acontecer algo, fale com o papai ou a mamãe. Mas fale mesmo, viu?

— Não se preocupe.

— Você apareceu com essa ideia de gato do nada... Sua mãe também estava preocupada. Está tudo bem mesmo? Não aconteceu nada?

— Não aconteceu nada, juro.

— Espero que não mesmo... Escuta, existem crianças que sofrem bullying e ficam em silêncio, e às vezes até perdem a vida. Não vou permitir que isso aconteça com você. Se tiver algum problema, por menor que pareça, me conte. Papai vai proteger você custe o que custar. Posso brigar com a escola ou até acabar com quem te fizer mal — declarou o homem. Então acrescentou: — É sério. Quando bravo, fico furioso mesmo. Ninguém mexe com o meu filho.

— Eu sei — disse o menino, rindo.

Ele tinha certeza de que o pai não falava aquilo da boca para fora ou para se vangloriar, pois o homem era assim mesmo. Quando o menino estava no quarto ano do ensino fundamental, machucou o nariz em uma briguinha de nada. Seu pai foi até a casa da criança que bateu no filho e, aos gritos, fez a mãe do garoto pedir perdão, a ponto de suplicar. No sexto ano, quando um grupo de alunos, incluindo o menino, aprontou e foi chamado na escola, vendo que seu filho foi repreendido de forma mais rigorosa que os outros, o pai fez um escândalo, envolvendo os professores e o diretor. Chegou a escrever uma carta ao conselho educacional.

Um dia, no corredor, o menino ouviu o pai falar para a mãe na sala de estar que, em se tratando do filho, ele sempre perdia as estribeiras. Pela voz, o pai parecia estar surpreso e, ao mesmo tempo, admirado consigo mesmo.

Atravessaram a ponte sobre o rio Tama e chegaram à cidade onde moravam. Um veículo que havia saído da estrada secundária fechou a frente do carro. O pai diminuiu a velocidade e reclamou, dizendo que detestava dirigir nos finais de semana porque havia sempre gente andando muito devagar.

O menino abriu novamente a caixa e fez carinho no gato.

— Ko-ji — murmurou o garoto.

— Hum? Falou alguma coisa? — perguntou o pai.

— Não, nada...

O menino tinha resolvido dar o próprio nome ao felino. Escolheu depois de ouvir a história da Arca de Noé. Ele queria ter tanta sorte quanto um Manx.

— Tratar bem os animais é um ato de bondade. Você sempre gostou de animais, não é, Koji?

Nesse momento, o celular do menino notificou o recebimento de uma nova mensagem.

— Celular atrapalha muito... Não acha muito cedo para ter um?

O pai havia ficado mal-humorado por ter sido interrompido. Porém, quem tinha dado o celular ao garoto havia sido o próprio pai, na época em que o filho estava no sexto ano, estudando em um cursinho à noite, para que pudesse se comunicar com os pais.

O menino abriu a mensagem. Era de seu colega de turma, Hasegawa, e o assunto era "Isso pode dar problema...". O conteúdo era breve:

> Só ouvi dizer por aí, mas parece que, ontem à noite, Yamashu nos dedurou para os pais dele. O que vamos fazer?!

Um calafrio percorreu o menino. A sua barriga, por outro lado, parecia ferver. Ele fechou o celular e abraçou a caixa com o gato Koji.

— Se acontecer alguma coisa ruim na escola, conte tudo para o papai.

Em resposta ao pai, em vez do menino, o gato Koji soltou um miado fofo.

2

Mesmo depois de já estar em casa, as mensagens não paravam de chegar:

> Atualização: parece que os pais do Yamashu foram à escola.
>
> Tem gente na sala do diretor. Talvez dê ruim mesmo.
>
> Yamashu me irrita tanto. Tomara que morra!
>
> Fiz uma ligação anônima para a casa do professor Toyama. A esposa disse que ele foi correndo para a escola. Será que estamos enrascados?

O menino não respondeu a nenhuma dessas mensagens.

Como o gerente do pet shop tinha dito, o gato manês pulava como um coelho. Olhando bem, de fato, havia diferença de comprimento entre as patas dianteiras e as traseiras. Na natureza, esses animais teriam dificuldade em viver e, em um ambiente onde a lei do mais forte prevalecia, não seria estranho se entrassem em extinção. Por isso, o garoto achava que o Manx realmente havia tido muita sorte ao conseguir embarcar na arca, mesmo que nos últimos momentos.

As mensagens que o menino recebeu no fim da tarde foram um pouco diferentes:

> É verdade que Yamashu tentou suicídio ontem à tarde?
>
> Parece que ele tinha escrito até uma carta de despedida. Um conhecido da família de Yamashu que contou.
>
> É tudo culpa sua, Koji (tô brincando… ou não…).
>
> Será que vamos pra cadeia?

O menino pegou um dos ramais do telefone fixo sem fio e foi para seu quarto. Tinha que evitar que seus pais atendessem o telefone antes dele. Se fosse sua mãe, o garoto ainda poderia se safar; mas, se fosse seu pai, temia o pior.

Os pais de Koji achavam o menino muito afetuoso. Pensavam que por tirar boas notas e ser filho único, um tanto tímido, ele sofria na escola.

O pai não sabia de nada. Não percebia coisa alguma.

A mãe não vigiava tanto o que o filho fazia, mas o pai lia vários livros sobre saúde e desenvolvimento infantil, reportagens sobre bullying e estudava sobre "sinais de bullying" e coisas assim. Era uma pessoa ansiosa. Quando o menino descobriu na internet que dava para ter um gato por alguns dias e disse que queria um, de primeira o pai concordou, mas, conforme contou a mãe, depois o homem leu um livro a respeito.

O pai não sabia de nada.

Ele era um tanto insensível, egoísta e obcecado pelo filho. Sempre que o pai não estava vendo, o menino lhe lançava um olhar frio; então, quando sentia que o pai ia encará-lo, ele desviava o olhar.

Existiam dois tipos de sinais de bullying: os de quem sofria a violência, e os de quem a praticava. E o pai de Koji ainda não havia se dado conta de que os livros que lia só abordavam os sinais de quem sofria com o bullying.

O menino, fazendo carinho no gato, murmurava seu nome. Aquilo o ajudou a relaxar um pouco.

— Koji, você também acha Yamashu insuportável. Imagina, falando da gente para os pais dele... Por isso sofre bullying.

Shugo Yamamoto, chamado de Yamashu pelos colegas, era detestado por todos os meninos da classe. Ele nunca havia traído a confiança de ninguém ou causado problemas, mas tudo que ele fazia incomodava.

— Koji, eu realmente acho que Yamashu gostava de você.

Logo que foi para o sétimo ano, o menino se aproximou de Yamashu. Koji não o considerava seu amigo, mas Yamashu vivia na cola dele e até o chamava de "Kozinho". Na hora do almoço, quando ia comer seu *obentô*, a lancheira que levava para a escola, Koji piscava e Yamashu já tinha se juntado a ele.

— Ele deve estar querendo atenção, só pode. Vai ver ninguém liga para ele em casa.

O gato Koji, talvez por ter cansado de ficar quieto, sentado, pulou do colo do menino e se afastou.

— Talvez você só seja muito carismático, não é, Koji? — comentou o menino, rindo.

Olhando para o telefone fixo, o garoto soltou um suspiro.

Yamashu não era má pessoa, só era chato. Tagarelava muito e tinha uma voz estridente. Vivia fazendo perguntas idiotas a Koji: o nome dos pais dele, com o que trabalhavam, o motivo de ser filho único, de que comidas gostava, qual era seu esporte favorito e outras coisas sem importância.

— Ele fala igual a uma matraca, mas não tem nenhum assunto legal. Deve achar que, se calar a boca, as pessoas vão ter tempo de dispensá-lo. Ele é tão tosco, né, Koji?

No início, Koji dava ouvido às perguntas de Yamashu, mesmo sendo entediante, porque, desde que interagisse com o menino, ele fazia praticamente tudo que Koji pedia: pegava objetos, emprestava suas anotações e até dividia seu *obentô*. Um dia, na volta da escola, mesmo tendo certeza de que Yamashu diria não, Koji pediu que lhe pagasse um lanche do McDonald's, e ele aceitou...

— Inacreditável! Ele é um bobão.

O menino se jogou na cama e olhou para o gato Koji. O felino, que estava de costas para o garoto, parecia totalmente indefeso por causa da falta de rabo. O gerente do pet shop tinha dito que era proibido dar palmadas no traseiro do Manx; disse que a raça não tinha a última vértebra da coluna e, por isso, a área era frágil. Foi o custo que pagou por ter entrado na Arca de Noé no último segundo.

— Para ser sincero, não sei se você é sortudo ou azarado...

O gato Koji se espreguiçou vagarosamente e deu um salto, parecendo um coelho.

O menino se virou na cama e, deitado de costas, olhou para o teto. O telefone ainda não havia tocado. Apesar de tentar se convencer de que tudo estava bem, dizendo a si mesmo que tinha conseguido agir a tempo, o menino continuava nervoso. E, conforme o tempo passava, a ansiedade só aumentava.

Koji pegou o celular e verificou as mensagens. Releu uma de mais cedo.

É tudo culpa sua, Koji (tô brincando... ou não...).

— Parou com a brincadeira — disse o garoto, enquanto excluía a mensagem.

O nervosismo se apoderava do menino. Quando se deu conta, viu que o gato olhava para trás, encarando-o.

— Que foi, Koji? Ficou com medo?

O gato apenas mirava o menino com seus olhos grandes, que pareciam bolinhas de gude.

— Você não está sozinho. Não é só você que é malvado. Aliás...

O menino imaginou se seu pai, depois de descobrir tudo, diria isso, defendendo o filho, lutando por ele. Koji sempre ouvia da boca do pai que o defenderia a todo custo, até arriscando sua vida, se seu filho sofresse alguma agressão. Porém, nunca ouviu dele que atitude tomaria quando as posições se invertessem.

Por volta de dez da noite, o telefone tocou. *Vai! Atende!*, sua cabeça gritava, mas o corpo não respondia. Logo o display do aparelho indicou que a chamada havia sido atendida pelo ramal principal. O menino prendeu a respiração e fechou os olhos.

— *Como assim?!*

Ele pensou ter ouvido o pai gritar ao telefone, ao longe. Mas não sabia se era imaginação ou realidade.

No início de maio, um mês depois da volta às aulas, o menino já havia se acostumado à rotina e passou a se enturmar com os colegas. Fez amizade até com novos alunos.

Entretanto, Yamashu continuava na cola de Koji e não se esforçava em fazer novas amizades. Quando Koji conversava com outros colegas, Yamashu se aproximava por trás, chamando-o sem parar. *Kozinho. Kozinho. Kozinho.* Koji, irritado pela interrupção, se virava para o menino fazendo cara feia, mas Yamashu ignorava sua careta e perguntava alguma coisa boba, como o que Koji havia comido no café da manhã.

Que saco.

Que saco.

Que saco.

Em meados de maio, enquanto Yamashu estava na sala dos professores por ser o ajudante do dia, Iijima perguntou a Koji se ele e Yamashu eram próximos.

— Vocês são viados? — provocou Yanase, rindo.

— Vocês também acham ele irritante? — perguntou Suzuki, como se jogasse uma bomba.

Os colegas fizeram careta por um momento, mas, quando um concordou, todos assentiram. Apenas Koji permaneceu em silêncio. Toyama, juntando as mãos, disse que sentia muito por Koji ter que passar por aquilo e pediu que o garoto não contasse sobre aquela conversa a Yamashu.

Koji sentiu um calafrio. Se continuasse assim, os colegas iriam pensar que ele e Yamashu eram farinha do mesmo saco.

— Ouvi dizer que Yamashu sofreu bullying logo que entrou na escola.

— Ah, dá pra imaginar.

— A voz dele é irritante.

— Ele fica olhando a gente de cima a baixo. É nojento.

— A gente podia implicar com ele.

— Melhor não.

— Brincadeirinha, não vou fazer isso.

— Ah, ele é um pé no saco mesmo...

— Não vai dedurar a gente, Koji — falou Toyama em tom de brincadeira, rindo e virando-se novamente para o menino.

Pensando que poderiam se virar contra ele, Koji resolveu dizer algo.

— Eu também não aguento mais — declarou ele. E, achando que precisava falar algo mais, acrescentou: — Vamos nos divertir um pouco com a cara dele.

Todos se empolgaram.

— Já que o Koji disse... tô dentro — falou Toyama.

Todos concordaram.

O menino sentiu novamente um frio na espinha. Ele havia causado aquilo, e não tinha como escapar.

Yamashu, após terminar sua tarefa na sala dos professores, voltou para a sala de aula e, ao ver Koji, aproximou-se dele dizendo "Kozinho, Kozinho". Toyama e seus colegas olhavam Yamashu com sorrisos maliciosos, se divertindo com sua inocência.

— Kozinho, quando eu estava andando pelo corredor...

— Não enche o saco! — gritou Koji e o empurrou, deixando o outro menino estupefato. — Sai pra lá, idiota!

Yamashu, em choque, caiu por cima da carteira de trás.

— Vai pro inferno! — cuspiu Koji.

O garoto saiu da sala a passos largos, e os colegas o seguiram.

— Nada mau, Koji — elogiou um dos meninos.

Koji ficou aliviado.

Mais tarde, porém, sentiu muita vergonha de si mesmo.

Ele abriu os olhos. O display do ramal secundário ainda indicava que o aparelho principal estava em uso. Era uma ligação longa. Pelo tempo de duração, o menino até pensou que o telefonema poderia ser de algum amigo do pai ou da mãe.

O menino se levantou e pegou o gato Koji, que estava perto da cama. O felino, por ter patas traseiras grandes, era mais fácil de segurar pela traseira. Mesmo estando em uma casa estranha, sentado no colo de um desconhecido, o gato estava tranquilo. Não deu trabalho nem na hora de comer, nem de usar a caixinha, a ponto de a mãe do menino ficar admirada. O garoto achava que, mesmo entre os gatos maneses, esse era o melhor, como o gerente do pet shop havia se gabado, dizendo que "apenas felinos inteligentes e bem-comportados podem ser um Gato com Manta".

Ele sentiu sede e pensou em descer para o térreo quando o telefonema terminasse para tomar um refrigerante.

— Você também quer tomar, Koji? Se for só um pouquinho, não deve fazer mal — disse o menino, tentando espantar a ansiedade que o acometia.

Assim que acariciou a cabeça do gato, a luz do display do telefone se apagou. A ligação havia terminado.

— Hora de descer.

O menino colocou o gato na cama e, nesse momento, ouviu a voz da mãe, que o chamava do andar de baixo.

— Kozinho, venha aqui.

O menino não conseguiu responder de pronto.

— Venha aqui *imediatamente*! — O grito do pai chegou ao quarto como um estrondo.

O menino, encolhido, abraçou o gato Koji. Comparando-se ao Manx, um gato tão sortudo, pensou: *Também escapei por pouco. Se não tivesse desprezado Yamashu naquele momento, eu estaria em perigo a esta hora. Não tive outra saída. Não tive outra saída. Não tive outra saída...*

O gato Koji, tão manso até então, sibilou e, se sacudindo violentamente, se desvencilhou do menino.

— O que está fazendo? Venha logo! — gritou o pai, com voz trêmula.

3

Quando o pai falou em tentativa de suicídio, Koji sentiu sua noção de realidade se esvair.

Lembrou-se de como era na televisão. A criança malvada e a maltratada. Quando o menino via essas crianças nos noticiários e nas novelas, ficava inexplicavelmente envergonhado e acabava rindo, nervoso. E sua reação naquele momento foi assim...

— Está achando engraçado?! — urrou o pai. — Você tem noção do que aconteceu?! — A voz do pai ficou trêmula outra vez.

O pai contou que Yamashu havia cortado o próprio pulso quando estava no banheiro, em casa. O ferimento foi leve, mas, como ele havia feito um escândalo ao ver o próprio sangue, seus pais correram para o banheiro e... encontraram a carta de suicídio sobre suas roupas jogadas no chão, contendo a lista dos colegas que o haviam intimidado.

Era exatamente como na TV. Ele teve a sensação de que o mundo da televisão estava adentrando o mundo da realidade. Sentiu que, sem que ele se desse conta, estavam vivendo em um programa de TV, cada um com seu papel, atuando. *Um, dois, três e... ação!*

— Seu nome também estava na lista. Então nem tente negar.

O pai não permitiu que o menino se desculpasse. A mãe, quase chorando, quis intervir, mas o pai não deixou que ela falasse e, enquanto despia a camisa do pijama, encarou o filho.

— Você me desapontou. Eu sempre falo que bullying é coisa de pessoas desprezíveis, não falo?

O menino baixou a cabeça.

— Você me decepcionou, ouviu? Decepcionou seu pai. E aí? O que tem a dizer em sua defesa?

O menino sentiu um nó na garganta e não conseguiu falar ou respirar. Seu pai pegou com violência a camisa de sair e abotoou-a.

— Por que você maltratou o Yamamoto? Olhe bem para mim e seja honesto.

A voz do pai estava abafada. O menino, cabisbaixo, era incapaz de encará-lo, suando de nervoso. Sentiu medo, mas não por temer algum ato violento do pai. Ele sentiu um medo mais profundo, como se tivesse sido imobilizado por uma força sobrenatural.

— Vou perguntar de novo. Por que você maltratou o Yamamoto?

O menino estava imóvel, em pânico. O pai queria respostas, mas o garoto era incapaz de articular uma. Entretanto, não conseguiria o perdão do pai daquele jeito.

— Preciso estar apresentável. Pegue uma calça e um paletó para mim — pediu o pai, virando-se para a esposa.

Koji supôs que o pai estava se arrumando para ir à escola, onde o professor da turma e o diretor estariam esperando. Na TV, os pais chamados à escola jogavam a culpa um no outro, então, Koji esperava que algo similar acontecesse no mundo real.

— Quem intimidou você? Diga. Quem coagiu você a fazer isso? Vou falar com o pai desse sujeito.

Koji gemeu. Ninguém o tinha coagido. As palavras ficaram presas no peito e se desintegraram, seus estilhaços machucando a garganta. O pai, que vestiu terno e gravata, fez um muxoxo.

— Não importa o que aconteça, eu vou proteger você, Koji. Sempre há uma razão para o bullying. Talvez você esteja escondendo, mas tenho certeza de que tem alguém por trás disso. Mesmo que a criança não assuma o que fez, basta ver a cara dos pais dela para descobrir.

Olhando para o chão, o menino franziu a testa. Por fim, o pai, mais para convencer a si mesmo, disse que o filho poderia ficar tranquilo porque ele iria protegê-lo.

O menino se trancou no quarto, abraçou o gato Koji e acariciou seu traseiro, liso e fofo como um bichinho de pelúcia, pois o gato tinha pagado com o rabo a sorte de embarcar na Arca de Noé.

— Koji, Koji, Koji, Koji... — murmurou o menino, acalmando-se.

Aos poucos, sentiu que deixava de ser aquele garoto em que se tinha transformado diante do pai.

— Escuta, Koji. Aquilo que o papai falou foi sério. Ele realmente está pensando em defender você.

O gato Koji estava tranquilo no colo do menino, como se não tivesse ficado agitado e agressivo pouco antes.

— Yamashu é um idiota. Pensando em se suicidar... É tudo culpa sua. O que vai fazer, hein? Você causou isso, não foi? Mas, se você não tivesse se afastado de Yamashu, eles fariam bullying *com você*... Pois é... Mentira... uma mentira... — Os olhos do menino se encheram de lágrimas. — Você é um covarde. Um fracote. Frouxo. É, sim.

Koji fechou em forma de garra a mão que repousava sobre as costas do gato e, imitando a voz do pai, falou:

— Foi culpa sua. Você desapontou seu pai. Você é uma decepção.

Os dedos do garoto afundavam na pelagem do gato Koji.

— Papai... confiava em você... mas você o decepcionou...

Os pelos do gato, mais fofos do que aparentavam ser, se embrenharam entre os dedos do garoto. O animal, demonstrando desconforto, sibilou e se contorceu.

— Papai... jamais vai perdoar você...

O menino segurou o gato Koji, que tentava se desvencilhar, e o agarrou como um gavião. O gato se enrijeceu e, com um pulo impulsionado pelas patas traseiras, escapou com facilidade.

Após aterrissar, o gato Koji se virou e revidou.

Suas unhas miraram o rosto...

... e atingiram o braço direito, que o garoto havia erguido para se proteger.

De repente, o ambiente foi tomado por um cheiro asfixiante.

***

O menino, depois de limpar o sangue que lhe escorria do braço e do rosto, desceu para a sala. A TV estava ligada, mas sua mãe estava de bruços sobre a mesa, de costas para o aparelho. Ela não se mexia, então o menino não sabia se ela havia notado sua presença. Ele, por sua vez, sentou-se no sofá em silêncio.

Koji olhou rapidamente para o porta-retratos em cima do aparador e baixou a cabeça. Na foto, havia um menino acanhado no primeiro ano do fundamental, com um jovem pai segurando seu ombro.

Desde aquela época, seu pai tinha o lema de "Koji, você é tudo para mim". Ele esperava muito do filho e se preocupava com a criança. Alternava entre elogios e reprimendas, dizendo "Muito bem! Esse é o meu filho!", ou "Um filho meu jamais faria algo assim!".

Não dava para saber qual das duas frases havia sido dita mais vezes desde o nascimento do menino. Nem sabia qual delas seria a mais falada até chegar à maioridade... Se bem que isso era um tanto previsível.

A mãe, ainda debruçada na mesa, respirando fundo. chamou Koji:

— Kozinho, o gato já dormiu?

— Ainda está acordado...

— Que horas são?

— Passou das onze da noite...

O pai ainda não havia retornado.

— Vá dormir — disse a mãe. — Amanhã falamos sobre Yamamoto.

O menino assentiu com a cabeça, mas não se levantou do sofá. Ele queria dormir, sem pensar nem sonhar com nada, apenas mergulhar de cabeça na escuridão, fugindo de tudo.

No entanto, achava que não conseguiria dormir mesmo se deitasse na cama, pois, ainda que fechasse os olhos com força, sentia que acabaria vendo apenas a amedrontadora escuridão.

O arranhão no rosto feito pelo gato Koji começou a arder, e o ferimento no braço direito voltou a sangrar.

— Escute, Kozinho...

— O quê?

— Por que você resolveu cuidar de um gato, assim, tão de repente?

— Vi por acaso na internet...

— Foi por causa do bullying?

O menino voltou rapidamente seu olhar para a mesa de jantar, vendo que a mãe ainda estava de bruços.

— Sim — respondeu ele, bem baixinho.

— Você ficou preocupado com Yamamoto porque ele poderia se suicidar?

— Eu não cheguei a... pensar nisso...

— Pensou em parar de maltratar ele?

O menino, sem resposta, apenas mexeu levemente a boca.

— Algum colega seu disse para intimidar Yamamoto?

O menino queria dizer que não, mas as palavras se estilhaçaram antes mesmo de chegarem à sua língua, e os pedaços se fincaram em sua garganta.

— Vá dormir — disse a mãe novamente. — Quando seu pai voltar, a mamãe vai falar com ele.

Não ouvindo resposta, a mãe estremeceu e pediu:

— Filho... pode me deixar um pouco sozinha, por favor?

O menino, aceitando que não poderia mais permanecer ali, deixou a sala de estar.

Ao voltar para o quarto, o menino viu o gato Koji cutucando com a pata um brinquedo velho que havia debaixo da escrivaninha. Então, sentou-se na beirada da cama e ficou observando despretensiosamente o traseiro do animal.

Ali estava o gato sem rabo. Um gato com patas dianteiras e traseiras de tamanhos diferentes, parecido com um coelho. O menino lembrou o que seu pai falou, boquiaberto, para o gerente do pet shop: "O ser humano é cruel. Cria um ser assim por puro capricho."

O pai estava rindo, sem saber que o gato Manx era uma raça que havia surgido por mutação genética espontânea.

O menino se abraçou. *O Manx pode ter surgido por mutação genética, mas eu, não*, pensou.

O pai criou o menino para poder dizer com entusiasmo "Esse é o meu filho!".

O filho queria ser elogiado pelo pai. Não queria decepcioná-lo. Tinha muito mais medo de quando ele o repreendia do que de seus gritos, pois, assim, nunca deixava o menino se explicar.

— Koji — chamou o menino.

Sentiu-se abandonar o próprio corpo e, olhando a traseira do gato, riu cinicamente.

— Koji... O que você vai fazer? Vai ficar a vida inteira com medo... daquele homem? Vai se tremer de medo dele até morrer? Que patético.

Em contraste com a risada fria, o garoto suava.

— Você já era. Papai vai abandonar você. Vai desprezar você. Tenho certeza. Ele nunca vai perdoá-lo. Coitado. Bem feito. Você não presta...

Apertou os braços ao seu redor com mais força, tentando espremer o pouco de si mesmo que ainda permanecia dentro do corpo. O suor se acumulava na testa e na ponta do nariz.

— Você acha que tem algum valor...? Quem deveria tirar a própria vida é você, e não o Yamashu...

Os machucados do rosto e do braço direito doíam. O gato Koji se abaixou um pouco e saiu de baixo da escrivaninha.

— Você... não vale nada... — murmurou o menino, se apertando com cada vez mais força.

O menino que matou o gato. Às vezes, apareciam notícias como essa na televisão, contando a história de uma criança assassina que havia matado um gato antes de esfaquear uma pessoa. Esse tipo de coisa era a cara de noticiários de TV. O repórter da manchete diria que a criança era um aluno bem-comportado e, em casa, era um menino tranquilo. Os comentaristas e colunistas falariam de seus estúdios, com expressão séria, que nos dias de hoje uma criança aparentemente tranquila poderia cometer um crime assim. O mundo da televisão invadiu o menino, envolvendo-o, tomando-o por completo e esmagando-o.

Ouviu-se um carro parar em frente à casa. Depois, o desligar do motor e, por fim, o som do abrir e fechar da porta.

O portão se abriu e, depois, a porta da casa também. Logo ecoou o som de passos subindo a escada e se aproximando do quarto.

— Não faça nada hoje à noite, por favor — implorava a mãe, do andar de baixo.

O pai permanecia em silêncio.

Quando a porta se abriu sem aviso, o gato Koji deu um salto. O felino passou pelo pai, que estava em pé com cara de bravo, e fugiu do quarto. O pai baixou a guarda por um instante, mas logo se endireitou e, sem se importar com o gato que pulava escada abaixo, encarou o menino.

— Já sei de tudo — falou ele em tom calmo. — O papai se humilhou... eu me ajoelhei e pedi perdão à mãe de Yamamoto. Ela exigiu isso. Não tive escolha.

Depois, riu de leve, como se risse de si mesmo, e o menino o acompanhou.

— Eu não me lembro de ter criado você assim — disse o homem friamente.

O menino deixou cair os braços, que até então o apertavam.

O gato Koji havia fugido. O menino Koji criado pelo pai havia desaparecido.

— Escute, Koji...

O menino deu um salto. Como o gato Koji. Soltou um grito indistinto e avançou no pai, sem pensar, sacudindo os braços.

O punho direito acertou a lateral do nariz do pai, que desmoronou bobamente no chão, de joelhos, como bolha de sabão estourando.

4

No dia seguinte, na manhã de domingo, mesmo na hora de colocar os sapatos antes de sair de casa, a mãe do menino hesitava.

— Outros meninos vão com os pais, não é? Não sei o que vou dizer.

— Não precisa dizer nada. É só baixar a cabeça. Você deve saber fazer pelo menos isso — falou o pai, com voz irritada e fungando. Havia um hematoma arroxeado da lateral do nariz até abaixo de seu olho.

O homem olhou para o menino, que estava ao lado da mãe, abriu a boca, atônito, mas logo a fechou, estalando a língua.

O menino ficou cabisbaixo, esperando que a mãe se aprontasse para saírem. Ele estava com olheiras por conta da noite não dormida, e seu estômago vazio doía. No punho direito ainda restava aquela sensação de quando acertara o pai.

Ao lado da sala de estar, ouvia-se o som de papéis sendo mexidos. Era o gato Koji brincando com o jornal.

— Koji — falou o pai —, não vou mais protegê-lo! O que você fez é responsabilidade sua.

O menino apenas baixou a cabeça.

— Não fuja nem dê desculpas. Não envergonhe mais seu pai, ouviu? — disse o pai.

O homem foi para a sala de estar.

— Saia daí, gato fedorento! — ordenou o pai, impaciente.

Entretanto, antes que o garoto pudesse conferir se o felino havia saído do lugar, sua mãe o empurrou pelas costas.

— Vamos — disse ela, com um sorriso tristonho.

A escola ficava a uma distância de quinze minutos a pé. Em instantes, os dois chegaram à agência de correios que ficava no meio do caminho. Após passarem pelo estabelecimento, a mãe, que até então se mantinha em silêncio, perguntou:

— Kozinho, por que você fez aquilo?

O menino não sabia direito o que significava "aquilo". Não sabia se falava de Yamashu, a quem ele tinha feito mal, ou se falava do fato de ter dado um soco no pai. De qualquer forma, a resposta era a mesma.

Hesitante, mas honestamente, o menino respondeu:

— Eu estava com medo...

Ao colocar aquilo para fora, o menino sentiu-se aliviado, como o frescor agradável que se sentia nas costas abafadas e suadas ao tirar a mochila depois de voltar da escola. A mãe, após um momento de silêncio, perguntou se ele poderia pedir desculpas. O menino ficou calado, pois, dessa vez, dependendo do que ela estava falando, havia duas respostas diferentes.

— O gato está arisco, não é?

— É...

— Tem alguma relação entre você querer o gato e Yamamoto?

— Não sei...

— Você estava pensando em descontar nele?

De início, o menino achou estranho a mãe perguntar isso, pois pensou que a resposta era óbvia. Nesse momento, ele engoliu em seco e parou. Até então, ele não havia percebido isso. Poderia simplesmente responder que era bobagem e que nunca havia pensado nisso, ou até atacá-la por fazer uma pergunta esquisita como aquela.

Entretanto, o menino empalideceu, e seus lábios começaram a tremer. A mãe não falou mais nada e ficou parada junto ao filho por um bom tempo. Depois, começou a caminhar lentamente. O menino a seguiu cabisbaixo, como se fosse puxado por um fio invisível.

— Que nome você deu ao gato?

— Koji — respondeu o menino, convicto, mas sua voz era baixa demais, e a mãe não ouviu.

Dessa vez, o menino não se sentiu aliviado. A sensação era como um vento frio nas costas que a mochila já não protegia.

Havia oito alunos, incluindo Hasegawa e Iijima, na sala do diretor. Todos os envolvidos estavam ali, acompanhados pelo pai ou pela mãe, de cara emburrada.

A mãe de Hasegawa e a de Koji se conheciam. Após a reunião de pais que havia acontecido em maio, elas tinham ido ao restaurante Denny's, onde conversaram por um longo tempo. Entretanto, dessa vez, as duas apenas se olharam e nem sequer se cumprimentaram.

Quando o diretor e o professor Toyama entraram na sala, o ambiente ficou tenso.

— Ontem à noite, nós explicamos aos seus pais o que aconteceu. Bem, os pais de Shugo Yamamoto exigiram que vocês se desculpassem...

Segundo o diretor, o pai de Yamashu estava na sala de reuniões ao lado.

— Ele falou que gostaria de conversar só com os alunos, sem a presença dos pais, mas isso não é possível... Então, os pais poderão acompanhá-los, mas um aluno por vez...

O diretor não havia mencionado se Yamashu também estaria na sala. Os pais também não pareciam estar se importando com isso e ficaram se entreolhando para saber quem iria primeiro.

— Então... hum... quem vai primeiro?

Os olhares dos pais se direcionaram aos poucos para Koji, o "principal culpado", e sua mãe.

A mãe segurou firmemente a bolsa sobre o colo. O menino passou o dedo no arranhão do rosto e olhou para o ferimento do braço direito. Então, cerrou o punho, que ainda mantinha a sensação do momento em que deu um soco no pai. Koji imaginou que aquele sentimento nunca desapareceria, ainda que suavizasse com o tempo.

Quando o diretor perguntou pela segunda vez, o menino se levantou. Sua mãe, sem alternativa, o acompanhou.

— Ei, ei, escute... — chamou um dos pais, um senhor gordo.

O menino nunca o tinha visto, mas, como o homem estava ao lado de Suzuki, deduziu ser pai dele.

— Não tenho nada contra vocês irem primeiro. Mas, por favor, sejam honestos. Se vocês falarem algo para se safar, os prejudicados serão meu filho e eu. E meu filho só foi coagido a acompanhar os outros.

Por um momento, tanto a mãe de Koji quanto os outros pais pareceram incrédulos, mas ninguém se manifestou.

O menino pensava sobre o que o pai faria se estivesse ali. Imaginava como o homem se zangaria e responderia ao pai de Suzuki. Também se perguntava se, em vez da mãe, seu pai estivesse junto, o pai de Suzuki teria dito aquilo...

Quando o menino olhou para Suzuki, ele estava com a cara toda vermelha, inclusive as orelhas, e de cabeça abaixada. Pensando que seu colega também poderia estar sofrendo pressão em casa, sentiu um pouco de alívio.

Yamashu não estava na sala ao lado. Apenas seu pai estava sentado em uma cadeira, de braços cruzados. Tinha um porte físico pequeno, mas o corte de cabelo reto e a pele queimada de sol o deixavam com uma feição intimidadora. Ele trabalhava em uma loja de materiais de construção.

Quando o menino e sua mãe entraram, foram encarados com olhos arregalados. A mãe cumprimentou o homem com voz trêmula. Ela falava muito rápido, e o menino não conseguia entender o que dizia, só sabia que estava pedindo perdão.

O menino sabia que ele era o principal culpado naquela história, o malvado. Se fosse no mundo da televisão, seria uma criança vilã, com olhos diabólicos dotados de um brilho maldoso. No fundo do peito, sentiu um "mas..." se formando, que não podia ser verbalizado. Ele sentiu que não conseguiria formular uma frase, e achava que não podia falar nada mesmo.

Mas... Mas... Mas... Mas...

— Poderia parar, por favor? — pediu o pai de Yamashu, como se espantasse com a mão um mosquito irritante.

Os ombros da mãe do menino estremeceram e ela engoliu as palavras.

— Por mais que os pais peçam perdão, se o próprio culpado não se desculpar, não faz sentido. Não concorda?

O menino, mudo, sentiu o "mas" ecoar em seu peito.

Yamashu, que era quem deveria ouvir o pedido de desculpas, não estava ali.

Koji ergueu a cabeça e, nervoso, indagou ao pai de Yamashu se seu filho viria.

— Não tem por que ele vir — respondeu o homem com desdém. — Agora ele se acalmou um pouco, mas, quando vir vocês de novo... Devem imaginar como ele se sentirá... Mesmo você.

Koji sabia que o homem estava protegendo o próprio filho. Assim como o pai de Suzuki protegeu o filho, e aquele homem que Koji socou pensou estar protegendo o filho.

Ele baixou a cabeça o máximo possível e disse:

— Peço as mais sinceras desculpas.

Se tivesse que se ajoelhar, encostando a testa no chão, o faria, e estava pronto até para apanhar. Para o menino, tudo isso estava acontecendo no mundo fictício da televisão. No mundo real, estava decidido a não se desculpar de verdade. Só queria se livrar daquela situação, e, se agisse como se fosse um roteiro de TV, as palavras fluiriam facilmente.

— Sinto muitíssimo, estou arrependido de coração. Peço perdão por magoar Yamamoto. Nunca mais vou fazer uma coisa dessas. Peço que me perdoe...

Enquanto falava, o menino sentia seus olhos arderem. Mesmo que suas palavras não fossem sinceras, lágrimas escorriam pelo seu rosto. Ouvindo a voz da mãe, que pedia desculpas ao seu lado, as lágrimas pareciam aumentar.

Depois de saírem da escola, a mãe pegou o celular e ligou para casa.

— Terminou agora... O quê?! Como assim? — A voz de alívio imediatamente se transformou em um tom de espanto. — Estamos voltando agora mesmo.

A mãe mostrou-se afobada até encerrar a chamada. Mas, depois de guardar o aparelho na bolsa, pareceu mais tranquila, como se tivesse voltado a si, e deu um grande suspiro.

— O que aconteceu? — perguntou o menino.

— Parece que o gato está atacado... Papai está furioso, dizendo para devolvê-lo hoje mesmo.

— Ele fez alguma coisa?

— Parece que a sala de estar está toda revirada.

Quando chegaram em casa, o menino foi olhar a sala, que estava de cabeça para baixo. Havia um copo caído, e uma mancha de uísque estava espalhada no carpete. A cortina de renda estava caída, o jornal matinal estava em pedacinhos e quase todas as fitas de vídeo estavam espalhadas pelo chão.

Na verdade, mais da metade dos objetos tinha sido derrubada pelo pai fazendo alvoroço, e não pelo gato Koji.

— Essa porcaria de gato, pulando e fugindo... — resmungou o pai, bufando. Tinha corrido atrás do gato até aquele momento.

Parecia que ele tinha tentado pegar o gato no colo. Como ele disse que segurou o traseiro do gato de uma forma um "pouco" forte, devia ter pegado com muita violência. Então, o felino ficou agitado e de mau humor e chutou a barriga e o peito do pai com suas patas traseiras, robustas como as de um coelho. Quando o pai foi pegá-lo, o gato correu pra lá e pra cá. Naquele momento, brincava debaixo da mesa de jantar, cutucando a pantufa que o pai havia jogado.

— Que final de semana terrível — disse o pai, sentado no sofá e evitando olhar o filho e a esposa. — Trouxe para casa um gato que nem rabo tem... Depois disso, foi tudo ladeira abaixo...

— Você está errado — balbuciou o menino, baixinho.

— O quê? — O pai virou-se para o garoto, fazendo cara feia. — É tarde para pedir perdão. O papai está bastante bravo. Se até amanhã esse hematoma do rosto não sumir, nem posso ir trabalhar. Está vendo o que você fez?!

— Não é isso.

— Como assim?

— Sempre... foi insuportável...

O menino sentia um nó na garganta, amedrontado. Podia imaginar o rosto do pai enraivecido, bem perto, diante de seu rosto. Entretanto, o pai não se enfureceu. Assumiu uma expressão impassível e, olhando para a TV, falou:

— Vá devolver o gato.

Pelo contrato, o menino podia ficar com o animal por mais um dia. Estava previsto que iriam devolvê-lo juntos, de carro, depois que o pai voltasse do trabalho. No entanto, o homem disse que não queria mais ver a porcaria do gato, e sugeriu que o menino fosse de ônibus.

Vendo o inchaço no rosto do pai, o menino presumiu que ele, de fato, não conseguiria dirigir direito. E provavelmente não mudaria de ideia quanto a devolver o gato antes.

— Kozinho, eu vou...

— Posso ir sozinho — interrompeu o menino, correndo escada acima.

Quando ele desceu para a sala de estar, segurando a caixa transportadora com a manta dentro, o gato entrou nela como se tivesse entendido tudo que havia ouvido, e o garoto fechou a porta da caixa.

— Desprezível... — murmurou o pai.

A voz não soou triste a princípio, mas, depois de entrar nos ouvidos do menino, ecoou melancolicamente, juntando-se a algo que estava no fundo de seu peito.

— Está falando de mim... — soltou o menino, sem querer. As palavras tinham criado vida própria.

O pai, olhando para o lado, deu um sorriso fraco.

— Koji, você não é desprezível — falou o homem, baixo. — Papai sabe disso.

O gerente do pet shop pareceu surpreso ao ver o menino, que, um dia antes do previsto, tinha vindo sozinho devolver o gato, e perguntou-lhe se havia enjoado do animal. O menino, sem dizer nada, negou, sacudindo a cabeça.

Quando o gerente abriu a porta da caixa transportadora, colocada sobre o balcão, o gato Koji se espreguiçou e saiu.

— O que aconteceu? Você parece menos animado do que ontem, quando veio.

O ânimo de ontem era puro fingimento. Menti o tempo todo. Porque tenho medo do meu pai.

Não conseguia verbalizar aquelas palavras, pois, se falasse, poderia acabar chorando — como tinha acontecido na sala de reuniões da escola enquanto se desculpava.

— Não precisa responder. Pode assinar aqui, por favor?

O gerente colocou um formulário e uma caneta em cima da mesa. O gato, curioso, observava. O menino pegou a caneta.

— Que nome deu ao gato?

— Igual ao meu...

— Koji?

— Sim...

— Ah... — disse o gerente, assentindo com a cabeça.

Depois de preencher a data de devolução e o nome, o menino hesitou diante da última parte: "Deixe aqui sua opinião".

Nesse momento, o gato Koji esticou o pescoço, aproximou o rosto do braço do menino e deu uma lambida no arranhão que ele mesmo havia feito na noite anterior. O garoto, por um momento, tentou se desvencilhar, mas desistiu e soltou uma risada.

O felino, depois da lambida, foi dando pequenos pulos no balcão e se afastando do menino, como se quisesse dizer que sua missão tinha sido cumprida.

O garoto segurou a caneta novamente e encarou o último campo a ser preenchido. Escreveu: "Muito obrigado."

O gerente, vendo isso, perguntou rindo se o garoto sentiu ter embarcado na Arca de Noé. Vendo o menino boquiaberto, continuou:

— Não sei o que você está passando, mas nunca é tarde para fazer algo. Mesmo que se perca o rabo, tendo conseguido embarcar na arca, dá para se considerar um vencedor.

O menino assentiu em silêncio. Pensou ter retribuído um sorriso, mas seus olhos aos poucos começaram a arder.

O gato substituto

1

Mesmo depois de dois meses de procura, não conseguiram encontrar um gato como o que eu havia pedido. Os gerentes dos pet shops sempre diziam: "Sinto muito... tem muitos filhotes dessa raça, mas é difícil encontrar um adulto." Eu concordava.

Um dos gerentes disse, com todas as letras, que seria difícil encontrar um gato com aquela característica para venda. Já estava preparada para receber uma resposta assim, então agradeci por pelo menos tentar procurar. Em um dos pet shops, nem sequer me atenderam direito, dizendo que aquilo era impossível. Em outra loja, quando expliquei a razão para a minha busca, o gerente disse que não achava uma boa ideia.

Também procurei em outros lugares. Meu pai, na empresa onde trabalhava; minha mãe, através dos quadros de recado nos shoppings e nos bancos próximos à nossa casa; meu irmão mais novo, em sites de venda de animais... Porém, por mais que saíssemos anunciando por aí — "Procuro um gato adulto da raça Pelo Curto Americano" —, nada surtiu efeito.

— Se for só pela raça, até temos um filhotinho...

O gerente do terceiro pet shop, me devolvendo a foto do gato que eu havia lhe mostrado, enfatizou que era muito difícil encontrar um gato adulto da raça.

Era uma fotografia do gato da minha família. Ele se chamava Ron Ron e era da raça Pelo Curto Americano, malhado de cinza-escuro e preto. Havia morrido fazia três meses, aos 12 anos.

— Você quer um exatamente assim, não é? Aí é que está o problema. Esse tipo é bem difícil de encontrar. Se fosse o malhado de cinza-claro e preto, seria um pouco mais fácil.

Eu já sabia disso. A maioria dos gatos dessa raça era cinza--claro. O cinza-escuro deixava as listras pretas da raça menos chamativas, as duas cores se misturando bem. Talvez por isso era pouco atraente para muitos e acabava sendo mais raro.

— Como a pelagem é cinza-escura, achei que mesmo com uma ou outra listra um pouco diferente seria suficiente para enganar... — falei, triste.

— Não é bem assim — disse o gerente, em tom de repreensão. — Quem gosta mesmo de gatos nota cada traço deles.

Concordei e guardei a foto na bolsa. Eu me lembrava bem das listras de Ron Ron. Todos da minha família lembravam, exceto uma pessoa.

Mas não estávamos procurando um substituto de Ron Ron para nós. Éramos uma família de quatro pessoas, que, por vezes, tinha um membro honorário. Ela nem sequer morava conosco, mas, ainda assim, estávamos procurando providenciar um substituto de Ron Ron para ela.

Quando eu estava saindo da loja, o gerente me chamou.

— Hum... É só uma sugestão, mas... Vou passar o nome... Na verdade, não gosto desse tipo de coisa... — Depois de muito enrolar, o homem concluiu: — Que tal alugar um gato?

Ele contou que havia um serviço chamado Gatos com Manta. De acordo com ele, a loja que oferecia o serviço adestrava os gatos desde pequenos, que tinham a própria manta desde o nascimento.

— Não posso garantir que a senhora vá encontrar o gato que procura, mas acredito que vale a pena visitar a loja.

— Sabe me dizer por quanto tempo posso alugar?

— Pelo que ouvi, são três dias com dois pernoites, mas acho que é possível renovar.

— Três dias com dois pernoites... — repeti como um papagaio.

Não era má ideia. A pessoa que precisava de um substituto de Ron Ron ficaria na nossa casa cerca de três dias. Voltei para o balcão de atendimento e peguei meu celular na bolsa.

— Pode me passar o telefone da loja, por favor?

Tirei a sorte grande.

Entre os Gatos com Manta, encontrei um da raça Pelo Curto Americano. Era um gato adulto de 6 anos, malhado de cinza-escuro e preto. Quando eu o vi, logo notei as diferenças: era ligeiramente menor que Ron Ron, e suas listras eram um pouco diferentes das que nosso gato tinha. Tirei foto do animal e enviei por e-mail para a família toda. Todos responderam que não sabiam se funcionaria.

Resolvi, então, fazer uma reserva e repensar nosso plano depois de voltar para casa. Na noite do dia seguinte, tive outro golpe de sorte.

Meu pai, depois de conversar ao telefone com meu tio por um longo tempo, comentou, com uma expressão triste:

— Minha mãe... parece que está bem ruim de vista. Meu irmão acha que ela não enxerga direito detalhes, nem quando está comendo.

Pensando bem, isso não poderia ser chamado de sorte.

— Além disso, ele disse que minha mãe está ficando mais senil.

Com certeza não.

Mas, em se tratando da minha avó, eu me convenci de que isso era uma sorte para ela mesma. Desde que ela estivesse com a vista ruim e com os parafusos da cabeça um tanto soltos, não notaria a diferença do gato. O disfarce tinha que dar certo.

— Minha mãe está ansiosa para rever o Ron Ron — disse meu pai.

Mamãe, ouvindo isso, logo ficou com os olhos marejados de lágrimas. Meu irmão, que geralmente era pouco emotivo — um típico universitário da área de ciências exatas —, olhava emudecido para o retrato de Ron Ron, pendurado na parede da sala de estar. Na fotografia, vovó segurava o gato no colo e sorria. Na época, ainda era saudável, e visitava todos da família, arrastando pra lá e pra cá sua enorme mala e seu guarda-chuva, parecendo a Mary Poppins.

— Ela já está com 89 anos... Não temos o que fazer... — disse meu pai, tomando de um gole só a cerveja que restava em seu copo.

A bebida, que estava choca, parecia amarga, mas a expressão dele depois de engolir o líquido era mais amarga ainda.

Minha avó sempre nos visitava no final do verão. Ela vinha para nossa casa depois do período de Finados do calendário antigo, após realizar a cerimônia em memória do meu avô. Ele faleceu quando meu pai ainda era criança, e a vovó trazia consigo o *ihai*, tabuleta memorial, do meu avô quando vinha para nossa casa em Tóquio.

Ela ficava um mês na nossa casa, mas às vezes permanecia até o inverno, época em que começávamos a ligar a *kotatsu*, uma mesinha aquecida para proteger os pés do frio. Como nossa casa possuía quatro quartos, não era problema ceder um para ela, mas ouvi que, antigamente, houve muitos atritos entre minha mãe e vovó.

Quando eu ainda era criança, época em que minha avó estava com uns 70 anos, ela parecia ser uma pessoa teimosa.

— Depois que papai morreu, ela nunca se casou de novo e nos criou sozinha — argumentava meu pai, defendendo-a.

— O que ela tem de zelo pela família, tem de rabugenta — retrucava minha mãe, quando estava mal-humorada.

A vovó, que de fato era rabugenta, passou a ser tranquila e carinhosa depois do seu septuagésimo sétimo aniversário. Foi bem na época em que Ron Ron chegou à nossa casa.

Ela dava muito, muito carinho ao gato. Ele também gostava dela. Quando a vovó ia voltar para o interior, ela sentia mais por ter que se separar de Ron Ron do que de nós, que éramos netos dela, chegando a abraçá-lo apertado, toda chorosa.

Nos últimos anos, minha mãe passou a se relacionar bem com a vovó. Meu pai, que estava sempre ocupado, deixando para mim e para meu irmão os cuidados com a vovó, passou a conversar com ela sobre suas recordações, tomando chá e comendo algum doce japonês gostoso. Provavelmente por ter envelhecido e passado a entender a solidão e a insegurança da vovó.

Esse ano — na semana que vem — a vovó vinha nos visitar mais uma vez. Como ela não conseguia mais pegar o trem sozinha, papai iria buscá-la na casa do meu tio. A vovó passou a semana anterior na casa da minha tia, e nessa semana estava na casa do meu tio. Depois, iria ficar dois ou três dias na nossa casa, e, então... iria para a casa de repouso.

Enquanto vovó permanecia na casa da minha tia, meu tio organizou a retirada de tudo que estava na casa dela. O apartamento público da província tinha dois quartos, sala e cozinha e era muito, muito, mas muito apertado, mesmo vazio. Alguns dias antes, meu tio contou ao meu pai que chorou pensando na mãe, que os criou naquelas condições e continuou vivendo sozinha naquele lugar por dezenas de anos depois que os filhos saíram de casa. Meu pai, ouvindo o irmão, também chorou feito uma criança.

Eu achava que, se ele se sentia assim, deveria chamar a vovó para morar conosco. Mas, mesmo pensando isso, não falei nada; já era grande o suficiente para saber que poderia ser bastante cruel dizer isso.

O mesmo se aplicava à morte de Ron Ron. Nós conversamos e decidimos não contar à vovó. Seria melhor assim.

— Escutem, sobre alugar o gato... O que faremos? — perguntei.

Todos se viraram para mim. Apesar de ficarem em silêncio, pelas expressões, a aceitação era unânime.

Meu pai iria tirar folga do trabalho na sexta-feira para ir buscar a vovó.

Minha mãe, por sua vez, providenciou um edredom de penas novinho para vovó.

— Afinal, será a última vez que a receberemos — disse ela.

Meu irmão, que ficava fora de casa com os amigos até altas horas da noite, foi proibido pelo nosso pai de sair, devendo comer à mesa junto com a vovó. Eu também não poderia seguir minha rotina de sempre.

— Hiromi, não vou lhe pedir para tirar folga do trabalho... mas, na sexta-feira, volte mais cedo, tá bom?

— Pai, como nesta época tem gente que tira férias atrasadas, ficamos com falta de pessoal, e a quantidade de trabalho aumenta.

— Filha, se a empresa onde você trabalha não considera a família como uma prioridade, é melhor se demitir.

Minha mãe também pediu algo. Ela disse que queria chamar uma certa pessoa durante aqueles três dias.

— Escute, aquele moço, o Nagano... Sua avó não o conhece, e você precisa apresentá-lo direito. Assim, sua avó vai ficar mais tranquila e, hum... como posso dizer... não sabemos como ela vai estar até o casamento...

Esse pedido me pôs em uma enrascada... das grandes.

Nagano era meu namorado. Estávamos numa relação com expectativa de casamento, e em janeiro eu o havia apresentado a meus pais.

Mas, durante o verão, chegamos a um ponto da relação em que vimos não haver futuro como companheiros para a vida toda. Isso não queria dizer que havíamos rompido oficialmente, mas já fazia duas semanas que não nos comunicávamos, nem por telefone, nem por e-mail.

— É mesmo — concordou papai com a ideia da mamãe. — Vendo o Nagano, minha mãe vai ficar contente. No ano passado, ela estava preocupada se Hiromi conseguiria um marido.

— Exatamente — disse minha mãe e se virou para mim. — Você está com quase 30 anos. Vai ser bom para a sua avó.

Eu sabia disso, mas justamente por estar com essa idade era que havia certas coisas de que não poderia abrir mão, mesmo contrariando os outros.

— Então, já avise Nagano — concluiu minha mãe, decidindo sozinha.

— Nossa... Minha mãe vai para a casa de repouso, Ron Ron morreu, Hiromi vai se casar... Como o tempo passa rápido! — exclamou meu pai, melancólico.

— Mas, mana, você tem se encontrado com Nagano ultimamente? — indagou meu irmão.

A pergunta atravessou meu peito de forma inocente, cruel, repentina e insensível.

— Eu tenho me encontrado com ele. É óbvio que sim — respondi automaticamente.

Na quinta-feira da semana seguinte, saí do trabalho bem cedo à tarde, passei no pet shop, peguei o Ron Ron substituto e levei-o para casa. O gato, saindo da caixa transportadora, se espreguiçou vagarosamente e observou a sala de estar com um olhar bastante curioso.

— Hummm... Realmente, olhando assim de perto, é diferente.

A cabeça da minha mãe pendeu para o lado enquanto comparava o gato com a imagem do verdadeiro Ron Ron, na fotografia pendurada na parede. Eu também achei diferente, apesar de ter sentido que parecia bastante quando o vi no pet shop.

Estando na sala de estar, lembrando-se do verdadeiro Ron Ron, a semelhança do gato substituto diminuiu um pouco.

— Mas, mãe, agora é tarde demais.

— Sim, mas...

— Não temos o que fazer a não ser fingir.

— Sua avó tem uma intuição aguçada... Será que ela vai perceber?

— Mãe, vira essa boca pra lá. A vovó vai chegar daqui a pouco.

No momento em que falei isso, a campainha tocou.

2

A vovó havia envelhecido mais do que eu imaginava. Fazia oito meses que eu não a via, desde o Ano-Novo, mas parecia ter envelhecido muitos anos.

Seu corpo encolheu, o rosto ficou totalmente enrugado, os cabelos ficaram ralos, as pernas afinaram... e, ainda por cima, sua visão ficou ruim. Ao entrar na sala de estar, teve que ser conduzida pelo papai, amparada pelo ombro e guiada pela mão.

Parecia que quase não enxergava, então provavelmente não descobriria a verdadeira identidade do Ron Ron substituto — pelo menos não pela sua pelagem.

A vovó, que se sentou diretamente no chão, apoiando suas costas no sofá, toda contente colocou Ron Ron, que veio se esfregando nela, no colo. A atuação do gato era perfeita, se bem que o próprio Ron Ron poderia não concordar. O pensamento me deixou com uma sensação estranha.

Bem, de qualquer forma, o encontro entre o Ron Ron substituto e a minha avó ocorreu sem problemas. O gerente do pet shop estava certo: os Gatos com Manta eram muito sociáveis.

— Hoje vamos comer o peixe *ayu* de que a vovó gosta.

A vovó adorava peixe de água doce com ovas, marinado e cozido com shoyu, açúcar e saquê. Minha mãe cozinhou o peixe por mais tempo para que ficasse bem macio, considerando a dificuldade da vovó em mastigar a comida. De qualquer forma, vendo a minha mãe tendo que repetir várias vezes a mesma coisa para que vovó entendesse, fiquei me questionando se a essa altura o cardápio era relevante.

A sala de estar, que estava animada logo que a vovó chegou, pouco tempo depois ficou calma. Minha avó não era de muitas palavras, e, por falarmos devagar, bem alto, escolhendo palavras fáceis de serem entendidas por ela, o diálogo se tornava um processo cansativo.

Minha mãe foi para a cozinha com a desculpa de que tinha que preparar o jantar. O papai, que foi deixar a mala da vovó no *washitsu* ao lado da sala de estar, disse que precisaria verificar a televisão, ligou o aparelho e não retornou. Fiquei sozinha com a vovó e, àquela altura, já nem podia deixar o cômodo, nem tinha a perspectiva de meu irmão retornar da universidade logo...

— Vovó... — chamei-a. Não porque eu queria falar algo com ela, mas para quebrar o silêncio opressor.

Ela, com Ron Ron no colo, virou-se para mim.

— Hummm... Fazia tempo que a senhora não via o Ron Ron, né, vó?

Era algo óbvio. Minha avó, em silêncio, sorriu de leve.

— Ron Ron é tão bonito, não é?

Mas o que eu estava dizendo?

A vovó, sorridente, acariciou as costas do gato.

— Ron Ron continua igualzinho, não é?

Senti que estava cavando minha própria cova.

Vovó não esboçou nenhuma reação, mas nem precisava de resposta, e talvez ela nem tivesse escutado nada. Ao mesmo tempo que a tensão se aliviava, fiquei nervosa, então corri para a cozinha com a desculpa de que iria ajudar minha mãe.

Ficou parecendo que fugi da vovó.

— Por que você veio para cá? Deixe que eu faço o jantar. Você faz sala para a sua vó — disse minha mãe, quase me repreendendo, enquanto preparava o espinafre cozido.

Achei trapaça da parte dela se enfiar na cozinha e me deixar com a vovó.

Fiz bico, abri a geladeira e me servi de chá gelado. A época de chá de cevada gelado também estava acabando. Fiquei pensando se vovó conseguiria tomá-lo no ano que vem. Mamãe, espremendo o espinafre cozido para remover a água, respirou fundo e falou que, na casa do meu tio, a vovó também tinha dado trabalho.

— Como assim…?

— Ah, com as necessidades fisiológicas. Esse tipo de coisa.

— Xixi, por exemplo?

Ela apenas acenou positivamente com a cabeça e colocou o espinafre sobre a tábua de cortar.

— O “outro” também?

Ouvi somente o som da faca cortando mais alto do que o normal. Tomei um gole de chá e perguntei se havia algo mais.

— Parece que sua avó esquece algumas coisas de vez em quando, como a pessoa que está com ela ou por que está em tal lugar... Quando sua tia estava tomando conta dela, sua avó saiu de casa no meio da noite.

Não gostei muito quando minha mãe disse que minha tia tinha "tomado conta dela", mas eu sabia que era melhor não reclamar, pois não assumiria responsabilidade nenhuma.

— Será que a vovó concorda com a ideia de ir para uma casa de repouso?

— Não sei...

Quando meu tio falou isso para a vovó, com uma justificativa bem fundamentada, ela respondeu que compreendia. Era perigoso morar sozinha, mas nenhum dos três filhos tinha condição de morar com ela, então a solução era ir para um asilo. A vovó disse que sabia de tudo isso. Vendo os panfletos e visitando a casa de repouso, ela falava que faria muitos amigos.

Mas, quando todos estávamos tranquilos com isso, de repente a vovó mudou de ideia e passou a xingar meu tio, dizendo que nunca iria para o asilo e, se quiséssemos abandoná-la, permaneceria na casa do filho até morrer, amaldiçoando a todos.

— Parece que isso é comum quando os idosos ficam senis... Coitada da minha cunhada. Ela ficou tão afetada com isso que, aparentemente, foi embora para a casa dos pais, e seu tio e ela chegaram a falar até na possibilidade de divórcio...

— O que a vovó quer, no fim das contas?

— Não sei — respondeu minha mãe, desconcertada.

Senil. Eu já tinha ouvido falar de senilidade na TV e em livros, e meu chefe ficava reclamando de seus pais senis, que moravam com ele. Mas, vendo a vovó assim, eu ficava confusa. Não sabia dizer o que era sensato: aceitar ou recusar-se a ir para uma casa de repouso. Até questionava se era sensato os filhos colocarem seus pais em um asilo...

— Mudando de assunto, Hiromi — mamãe, pegando uma tigela no armário de louças, retomou a conversa —, quando mesmo que Nagano vem? Pode ser amanhã à noite?

— Espera aí, eu ainda...

— Você não falou com ele?

— Não...

— O que está esperando? Tem só amanhã à noite para sua avó conhecer o Nagano.

— Mas ele está sempre ocupado...

— Eu entendo. Estou pedindo algo muito difícil. Mas sua avó realmente estava ansiosa para que você se casasse. Vamos deixar sua avó contente, já que é a última vez que ela vai nos visitar, por favor — pediu minha mãe, como se falasse com uma criança pequena.

Tomei o resto do chá em um só gole.

Eu não tinha ligado nem enviado mensagem para Nagano. Tinha pensado em dar uma desculpa para a mamãe dizendo que ele estava em viagem nesse final de semana. Mas também fiquei com peso na consciência por causa da vovó. Me senti covarde de pensar em mentir assim.

Quando ia dizer que telefonaria para ele, ouvi o miado do Ron Ron vindo da sala de estar.

Miauuu, miauuu, miauuu.

Minha mãe e eu nos entreolhamos, e eu pressenti algo de ruim, pois o tom não era de um gato feliz, pedindo carinho.

Meu pai foi até a sala de estar.

— O que aconteceu? — perguntou ele. — Mãe, está tudo bem?

Então ficou em silêncio.

Papai apareceu na cozinha, de cara fechada, me olhou de relance e depois, com uma expressão chateada, perguntou para a minha mãe:

— Desculpa incomodar... Tem pano de chão?

— O que aconteceu?

— Hum... Minha mãe fez... — hesitou ele, dando uma risada desconfortável. — Ela acabou fazendo xixi.

* * *

Antes do jantar, fui para o quarto c mandei mensagem para Nagano.

> Se tiver tempo, me liga.

Eu já estava conformada caso ele ignorasse, mas recebi a resposta em menos de cinco minutos. Já fazia vários dias que não ouvia a voz dele, e achei seu tom um pouco mal-humorado. Contei que a minha avó estava hospedada na minha casa. Também falei que provavelmente seria a última visita dela. Entretanto, não consegui dizer o que realmente precisava.

— Ah, entendi... Foi por isso que você me mandou mensagem?

— Olha... Hum... Não precisa se preocupar em relação a isso... São meus pais que estão dizendo... — hesitei, nervosa. — Eu nem acho necessário...

— O que é? — perguntou ele.

Pela voz, percebi que ele estava irritado.

— Venha jantar aqui em casa amanhã... Meus pais estão convidando você... É, hum... Parece que eles querem apresentar você para a minha avó. Como vai ser a última vez que ela vem aqui casa, eles disseram que ela ficaria feliz de conhecê-lo, algo assim...

Nagano não respondeu. Achei que ele estava bravo, pois não tinha obrigação de vir. Talvez ele quisesse dizer que não havia mais nada entre nós.

Depois de uma longa pausa, não consegui mais suportar o peso do silêncio.

— Desculpa. Deixa isso para lá! Vou dar uma desculpa qualquer para os meus pais. Tchau — falei rapidamente e desliguei.

Nós não havíamos dito com palavras que tínhamos chegado ao fim, mas, através dessa conversa, senti que nossa relação estava realmente acabada.

Ouvi o som da televisão vindo do andar de baixo. Meu pai tinha colocado no volume máximo para a vovó, que não ouvia direito. Não adiantava de muita coisa, já que ela não enxergava bem, mas talvez ele quisesse quebrar o gelo. Mamãe disse que lavaria depois as roupas sujas da vovó, mas papai mesmo as lavou. Além disso, se desculpou sem parar com a minha mãe, que limpou o chão da sala de estar.

Papai gostava muito da vovó. Quando minha avó ainda era saudável, minha mãe dizia de vez em quando que ele era filhinho da mamãe. O papai certamente queria que a vovó tivesse uma velhice feliz, já que a vida dela não tinha sido fácil, e meus tios provavelmente sentiam o mesmo.

Logo meu irmão voltou da universidade, e a sala de estar ficou um pouco mais animada. A hora do jantar estava chegando, e senti que seria penoso me encontrar com a vovó.

De repente, meu celular tocou. Nagano estava me ligando.

— Desculpa. O sinal estava ruim e a chamada acabou caindo.

Será que ele tinha se enganado, ou estava fazendo aquilo de propósito?

— O que estávamos falando antes... Na verdade, antes de conversarmos sobre isso... Você não contou sobre nós para os seus pais?

Dessa vez, eu que fiquei em silêncio.

— Entendi... — murmurou Nagano. — Como é que isso aconteceu...? — Riu. — Por que acabamos assim?

Eu não tinha resposta para aquilo. Me sentiria muito melhor se tivesse alguma explicação. Se precisasse apontar uma causa, diria que não tinha nenhuma. Eu simplesmente não conseguia me imaginar casando — formando *uma família* — com Nagano. Ponderei se isso era algum tipo de depressão pré-casamento. Mas também pensei que isso nem poderia ter a ver com o casamento. Parecia ser uma depressão pré-família.

— Você não tem vontade de tentarmos nos relacionar de novo?

Ouvi suas palavras rebuscadas, e senti que ele falava sério. Então, decidi ser sincera.

— Eu acreditava que, se fosse casar, seria com você. Mas... não consigo mais me imaginar casando ou constituindo família com você.

Nagano, contrariando minhas expectativas, logo respondeu que me entendia.

— Além disso... vendo a vovó, já não sei mais o que é ser família.

Na verdade, eu não sabia se viver por tanto tempo era sinal de felicidade. Ficamos em silêncio, e o barulho da televisão do andar de baixo tomou conta do recinto.

De repente, Nagano falou:

— Eu vou aí amanhã.

— Mas... não seria incômodo...?

— Não se preocupe. Só preciso falar que estamos em um relacionamento com a *intenção* de casar, não é? Não é mentira. A intenção existe, só não vai se concretizar.

— Mesmo assim, não deixa de ser mentira...

— Sua avó está ansiosa para que você se case, não é? Então, acho que é uma mentirinha inofensiva. De qualquer jeito, amanhã vou à sua casa.

Era um Ron Ron de faz de conta e um namorado de faz de conta. Eu dizia que era por gostar da minha avó que fazia aquilo, mas, na verdade, a estava enganando.

3

Em vez de comermos na sala de jantar, a refeição foi servida na sala de estar. Quando a vovó vinha à nossa casa, sempre armávamos o *kotatsu* ao lado da mesinha de centro e comíamos ali, sentados no chão.

O jantar estava bem animado. Meus pais falaram bastante, e os assuntos eram tantos que nem precisávamos de televisão. No entanto, senti que as vozes deles estavam estranhamente altas, e os risos também eram exagerados. Se eu questionasse, será que papai diria que era por conta da surdez da vovó? Se eu insistisse que tinha mais coisa por trás, como a mamãe defenderia o papai?

Eu, que de início estava participando da conversa, acabei não conseguindo mais acompanhar a energia do ambiente e passei a apenas ouvi-los. De fora do falatório, dava para perceber que eles não estavam tão em sintonia quanto parecia. O papai falava da infância dele, e mamãe falava de temperos culinários. Às vezes vovó respondia, e o assunto se estendia por um tempo, mas, na maioria das vezes, papai e mamãe apenas falavam sobre assuntos diferentes. Dando um exemplo, seria como num jogo de tiro no fliperama. Era a sensação de um disparo que não acertou seu alvo, simplesmente sendo sugado para o fundo da tela.

Pling. Ouvi o som de notificação. Era o celular do meu irmão avisando que chegou uma mensagem. Isso acontecia sempre, mas, dessa vez, o papai fez cara feia e xingou meu irmão. A mamãe também franziu a testa.

— Ei, sem celular à mesa!

— Sim. Estamos comendo juntos!

Finalmente entendi tudo. E, naquele momento, senti meu estômago revirar. Era uma noite de confraternização em família, e meus pais queriam manter essa imagem a todo custo, já que estávamos recebendo a vovó, que morava longe.

Seria a intenção deles criar uma última recordação feliz para a vovó, que iria para um asilo? Ou, quem sabe, uma expiação pelo que fizeram até então com a vovó?

De qualquer forma, era algo desonesto da parte deles.

A vovó fazia sua refeição com um sorriso no rosto, mas a almofada em que sentava estava coberta com plástico. Papai disse que meu tio havia emprestado, dizendo para usá-lo, porque vovó, não enxergando bem, derramaria a comida. Por debaixo do moletom, ela usava uma fralda descartável que meu tio havia mandado. Ele disse que os acidentes fisiológicos aumentavam à noite e, por isso, ela precisava usar.

Sinceramente, eu não queria viver até uma idade muito avançada.

Teve uma época da vida em que eu tinha medo da morte, ficando com vontade de chorar só ao pensar nisso. Sonhava em encontrar um remédio que curasse todas as doenças e que as pessoas se tornassem imortais.

Ron Ron, que terminou de comer antes de todo mundo, veio se esfregar em mim, miando baixinho. Se fosse o verdadeiro Ron Ron, eu saberia o que ele queria pelo jeito como miava, mas não pude constatar nada pelo miado do Ron Ron de faz de conta.

A diferença entre os dois começava pela comida. O verdadeiro Ron Ron adorava comer peixinho seco desfiado com arroz, mas o Ron Ron de faz de conta estava treinado a comer somente ração seca, porque, se trocasse de comida a cada família com que convivia, isso poderia abalar sua saúde.

Mesmo que ele fosse o Ron Ron substituto, quando acariciei embaixo de seu queixo, a sensação era quase igual à do verdadeiro Ron Ron. Senti saudade. Quando estava pensando que o nosso gato erguia o queixo quando recebia carinho, como se quisesse que o acariciássemos mais, o substituto fez o mesmo. Fiquei contente e triste ao mesmo tempo.

Ron Ron morreu com 12 anos. Eu achava que ele tinha vivido bastante. As causas da morte dele foram edema pulmonar e insuficiência renal aguda, que ocorreram simultaneamente, levando à uremia. Mas, um semestre antes disso, ele já estava bem velhinho e com a saúde fragilizada. Estava ficando com os movimentos limitados, secreção nos olhos e no nariz, e incontinência urinária... Pensando bem, talvez ele estivesse ficando senil.

Gatos também ficavam senis. Alguns livros falavam que a senilidade era uma projeção por parte dos humanos, mas o diretor Harada, meu chefe que criou quatro gatos até morrerem, afirmava veementemente que os gatos ficavam senis e que ele tinha visto isso de perto. Ele disse que, quando a senilidade se agravava, o gato até esquecia que tinha comido e ficava indo várias vezes à tigela de ração.

Ron Ron não chegou a ficar tão senil assim. Antes de fechar seus olhos para sempre, ele saboreou com gosto meia colher de atum bem picadinho. Na época, isso me deixou transbordando de felicidade.

Meu irmão sinalizou alguma coisa com o olhar, uma expressão tensa no rosto. Meu pai continuava falando coisas sem muito sentido, mas a expressão da minha mãe, que estava conversando com o papai, também estava um pouco esquisita.

Sinalizei para meu irmão, perguntando o que estava acontecendo, e ele moveu a boca lentamente, sem emitir som algum.

Vo-vó.

Como assim?

Es-tra-nho.

O quê?

Co-mi-da.

Só então percebi. A vovó estava comendo quase todo o sashimi que havia no prato grande e até as algas de enfeite, mexendo os hashis sem parar. Muitas vezes nem mergulhava os pedaços de peixe no shoyu.

— Vovó, aqui tem salada também.

Quando mamãe falou isso para distrair a vovó, ela passou a comer salada, direto da tigela, sem colocar tempero. A essa altura, o papai também parou de falar.

— Mãe, acho que já chega de comer salada... — Tentando conter sua irritação, a voz do meu pai ficou meio rouca.

A vovó agarrou a tigela e continuou a comer a alface em silêncio.

— Mãe! Pare! — Meu pai ficou com a voz ainda mais rouca.

Minha avó, como se contrariasse a ordem do papai, comia sem parar. Na verdade, parecia nem ter noção de contrariedade.

— Estou dizendo pra parar de comer!

Quando papai estendeu a mão para a tigela, minha avó abraçou-a e gritou:

— Não roube de mim!

Ela estava encarando papai, os lábios tremendo. Sua expressão era de alguém que estava protegendo a salada de um bandido. Uma hostilidade total.

Mamãe, que estava se levantando para acalmar o papai, acabou desabando sentada no chão e caiu no choro.

— Pare de chorar! — gritou papai, descontando a raiva nela.

Naquele momento, o celular do meu irmão tocou, avisando a chegada de uma mensagem. Péssima hora.

Dessa vez, foi mamãe quem gritou.

— Eu já disse para desligar esse celular!

O clima ficou horrível. O ambiente de falsa confraternização se desintegrou de vez.

Depois de dar um suspiro, a vovó largou o recipiente de salada, como se um espírito tivesse se desprendido dela.

Piscou várias vezes e esfregou os olhos, olhando de um lado para o outro. Me perguntei se sua visão havia ficado ruim novamente.

Nesse momento, Ron Ron, que estava perto de mim, mergulhou embaixo da mesa e se aproximou da vovó, miando baixinho.

Por um instante, lembrei-me do verdadeiro Ron Ron. Ele sempre miava daquele jeito quando queria que alguém brincasse com ele.

Vovó sorriu, toda contente, e pegou-o no colo. Tanto o perfil e o peso quanto as listras eram ligeiramente diferentes dos que o verdadeiro Ron Ron tinha. Mas parecia que a vovó não havia percebido a diferença. Ela acariciava as costas do bichano.

Seguido ao alívio, senti um frio na espinha.

Ela poderia fazer como antigamente...

Minha avó sempre interagia com Ron Ron no jantar.

Ela poderia fazer como antigamente...

Seria um problema se ela fizesse aquilo. Por isso, falei com o gato:

— Ron Ron, você está pesado demais para a vovó. Venha para cá.

Ouvindo isso, meu pai, que nada sabia, me encarou, irritado.

— A sua avó está gostando, Hiromi. Pare com isso.

A situação era crítica.

Vovó, depois de acariciar as costas do Ron Ron por um bom tempo, disse que havia se lembrado de uma coisa e olhou para o prato de sashimi.

Tinha lembrado qual era a comida *favorita* do Ron Ron.

Vovó pegou uma fatia de sashimi de atum e partiu ao meio com os dentes.

— Ron Ron, coma o peixinho...

Ela colocou o pedaço de sashimi na palma da mão e ofereceu ao gato.

Fiquei rezando para que ele aceitasse. Ron Ron cheirou o atum, inclinou um pouco a cabeça e o encarou.

Por favor, para o bem da vovó, coma!

Se ele não comesse, a farsa seria exposta. Isso me preocupou muito — porém, mais do que isso, eu queria que o Ron Ron substituto soubesse do afeto que a vovó tinha pelo verdadeiro Ron Ron.

Mas logo o Ron Ron substituto perdeu o interesse pelo pedaço de peixe.

Seu olhar se cruzou com o meu. *Por favor!*, roguei.

Ficamos nos encarando, eu com um olhar suplicante. A essa altura, só restava confiar no que o gerente do pet shop tinha dito: "Todos os Gatos com Manta são extremamente inteligentes."

Ouvi o gato soltar um "miau" bem baixinho. Ele esticou de leve o pescoço e virou-se para o atum. Esticou mais o pescoço. Cheirou-o de novo. Esticou-se ainda mais. Depois, lambeu o pedaço de peixe.

Depois disso, tudo ocorreu rápido. Num piscar de olhos, o atum estava dentro da boca de Ron Ron, e desceu goela abaixo sem mais delongas.

— Estava gostoso? É uma delícia, não é? — falou vovó, toda contente. Seu sorriso era inocente e gentil, como o de uma criança.

Papai e vovó dormiram juntos no *washitsu*. Assim, ele poderia trocar a fralda dela imediatamente se fizesse xixi, ou segurar a mão dela se tivesse algum pesadelo, mas, principalmente, para evitar que ela perambulasse por aí.

No meio da noite, escutei um barulho vindo da cozinha. Eu, que estava lendo um livro, resolvi descer sem fazer barulho para ver o que estava acontecendo. Fiquei pensando o que faria se fosse a vovó, e ela estivesse, sei lá, devorando tudo na geladeira, pegando a comida com as mãos.

Chegando na cozinha, encontrei papai se servindo de uísque com gelo. Reparando na minha presença, ele falou tristemente:

— Desculpa. Estou incomodando vocês... Mas é só até amanhã à noite. Se vocês não aguentarem, podem passar a noite em um hotel.

Em silêncio, balancei a cabeça, recusando a sugestão.

Antes de dormir, a vovó tinha ficado alucinada, esquecendo-se de onde estava. Ela começou a rogar para levá-la para casa, aos gritos e choros. Tivemos muito trabalho para convencê-la de que estava na casa do filho, mas, depois que ela relaxou, acabou fazendo xixi na fralda. Minha mãe tinha dito que trocaria a fralda, mas meu pai não deixou e, desajeitado, trocou-a. Ele parecia ter murchado enquanto fazia isso.

— Pai...

— Que foi?

— É mesmo impossível a vovó morar aqui em casa, não é?

— Sua mãe não teria saúde para cuidar dela. — Papai riu desconcertado e, como se convencesse a si mesmo, continuou: — Não tem como.

— O senhor está bem com isso?

— Como assim?

— O senhor está bem com as coisas assim?

Em vez de responder, meu pai tomou um gole do uísque.

— Amanhã, Nagano vem aqui em casa, não é? Sinto muito por incomodarmos o rapaz.

— Não mude de assunto.

— E aquele gato é bastante inteligente. Estava tranquilo com a vovó. Além disso, não era para alimentá-lo com nada além da ração que a loja deu, não é? Ainda bem que ele comeu o atum.

— Escute...

— Estou escutando.

— O senhor não está me ouvindo. Tem certeza sobre a vovó? O que o senhor realmente pensa sobre colocar a vovó em um asilo?

— Olha, Hiromi... Nagano é o segundo filho da família, não é? Cuidar dos pais é algo muito difícil. Então, deve decidir o que fazer logo. Se, no futuro, o irmão mais velho empurrar os cuidados dos pais para ele, quem vai sofrer é você. É muito difícil...

Meu pai continuava a murmurar as últimas palavras, o olhar perdido, lágrimas escorrendo.

4

Na manhã seguinte, antes que acordássemos, meu pai levou minha avó para passear de carro. Tínhamos prometido passear em família, mas eu entendia sua mudança de ideia.

— Será que o papai está bem, indo sozinho com a vovó? — perguntei à minha mãe, enquanto tomávamos café da manhã.

— Pode ser trabalhoso para ele, mas é melhor para os dois. Ela deve ficar contente conversando com ele sobre suas recordações.

Meu irmão soltou uma piada de péssimo gosto.

— Ou quem sabe um suicídio duplo?

O sorriso de mamãe desapareceu na mesma hora. Em silêncio, enrolei o jornal matinal e bati na cabeça dele.

— Ele disse que vão voltar até a tardinha — falou minha mãe, mais para si mesma do que para nós, e mudou de assunto: — A que horas Nagano chega?

— Marquei com ele às cinco da tarde...

— Podemos comer sushi?

— Prefiro carne grelhada — declarou meu irmão.

— Se for carne, sua avó não vai poder comer — replicou minha mãe.

— Tanto faz — respondi.

Eu acreditava que Nagano se esforçaria para que tudo desse certo no jantar. Provavelmente, ele faria dessa última noite que vovó passaria conosco momentos de alegria memorável. Ele, sendo uma pessoa carinhosa, não faria algo que deixasse meus pais ou a mim tristes.

Entretanto... Incapaz de imaginar o que aconteceria depois, um grande ponto de interrogação surgiu em minha mente.

De repente, minha mãe riu e apontou para o sofá da sala. Ron Ron estava mergulhado embaixo do encarte do jornal. O verdadeiro Ron Ron também adorava brincar, se enfiando no encarte, fazendo dele um túnel. *Entretanto... Entretanto... Entretanto...*

— Ele sabe o seu papel, mesmo sendo um substituto — falou meu irmão, admirado.

— Quando chegou aqui, ele não tinha nada a ver com o nosso gato, mas passou a ficar muito parecido com o nosso Ron Ron — disse minha mãe.

— Até as listras ficaram mais parecidas com as do Ron Ron.

— Nossa! Aí já dá medo.

— Vai que o espírito do Ron Ron possuiu o corpo desse gato...

— Não diga bobagem, filho!

Fiquei encarando a traseira do Ron Ron, que se escondeu debaixo do encarte. Eu me senti bem por ter alugado o Gato com Manta. Se as coisas continuassem assim, tudo em segredo, minha avó ficaria alegre até o fim de sua estadia em casa.

Entretanto... Entretanto... Entretanto... A palavra não parava de ecoar na minha mente.

— Vou pedir entrega de bastante sushi — declarou mamãe, sorrindo.

Papai e vovó voltaram para casa depois do almoço. Meu pai disse que tinham ido ver o mar. Como a vovó iria para um asilo na região de águas termais, do lado serrano, uma vez lá, ela não teria mais oportunidade de visitar o mar.

De primeira, depois de sair do carro, a vovó pareceu não nos reconhecer e cumprimentou-nos dizendo "muito prazer". Entretanto, depois de entrar na sala de estar e ver Ron Ron, de repente voltou a si, tornando-se a mesma de sempre.

— Melhor beber logo, senão vou ficar com vergonha de encher a cara na frente de Nagano... — disse meu pai, quase dando uma desculpa, e pegou uma cerveja da geladeira, tomando direto da lata. — Que cansaço.

— Como foi o passeio? — perguntou mamãe. — Ela se comportou bem?

— Hum, sim... No carro, ela dormiu a maior parte do tempo.

— Ela gostou do mar?

— Chorou.

— Ah, sim...

— Muito, muito tempo atrás, minha mãe levou meus irmãos e a mim à praia. Foi só uma vez. Eu tinha enchido a paciência dela para ela nos levar. Minha mãe fez o impossível e tirou folga do trabalho, fez bolinhos de arroz *oniguiri* bem grandes para nós e... Aqueles *oniguiri* estavam realmente gostosos... — Papai tomou a cerveja num só gole. — Quando lembrei disso, a mamãe começou a chorar.

Não entendi se a vovó havia chorado por causa da recordação ou de tristeza, por ter que se separar dos filhos e ir para um asilo. E senti que, assim como eu, meu pai preferia não saber.

Minha avó ficou sentada no sofá com Ron Ron no colo. Ela estava cantarolando uma canção de ninar bem baixinho, e o gato a escutava de olhos fechados, quietinho.

Pouco depois das quatro da tarde, Nagano ligou para avisar que havia chegado à estação de trem. Como tinha aparecido uma hora antes do combinado, ele me convidou para ir a uma cafeteria perto da estação, e, achando uma boa ideia, eu aceitei.

Eu me arrumei às pressas e fui direto para a cafeteria. Quando avistei Nagano, que sorria sentado à mesa na janela e acenava para mim, acabei desviando o olhar.

Senti que estava em dívida com ele.

— Desculpa ter convidado você para esse jantar...

Nagano riu.

— Não tem problema — disse ele.

— Mas...

— Você acha que estamos apenas fingindo mesmo?

Fiquei sem saber o que responder. Comecei a concordar, sem muita certeza, porém me interrompi; entretanto, ao tentar discordar, também sem muita certeza, parei no meio do ato, confusa.

— Acho que podemos considerar que é parte atuação, parte verdade.

— Sim...

— Você ainda tem um pouco de vontade de casar comigo, não é?

Não era que eu não tivesse nenhum desejo de casar com ele, mas não chegava a ser muito. Vendo que eu não responderia, Nagano continuou sorrindo e perguntou:

— Posso perguntar uma coisa?

— O quê?

— Se nós nos casássemos, tivéssemos filhos e netos... E, na velhice, eu ficasse com demência, senil... O que você faria?

— Como assim, o que eu faria...?

— Por mim, pode me colocar em um asilo. Eu não me importo. Na verdade, prefiro assim. Não quero incomodar meus filhos ou minha esposa. Não gostaria de ver alguém de que eu gosto ficar triste por mim.

Eu sentia que Nagano era uma pessoa verdadeiramente boa e carinhosa, e o que falou não foi algo da boca para fora.

Entretanto... Entretanto... Entretanto...

Aquela palavra pairava no ar como um balão. O balão bateu na parede, quicou e, cada vez que pulava, eu achava mais difícil piscar.

Ergui o rosto.

— Você não acha meio egoísta?

— Por quê? — perguntou Nagano, sem entender.

— É que... Você não está considerando os sentimentos da sua esposa, filhos e netos.

— Lógico que estou. Justamente por pensar neles, não quero que eles precisem cuidar de mim, caso eu me torne um velho senil.

— Mas...

— Mas o quê?! — A voz de Nagano tornou-se ríspida.

— Como você pode afirmar que sua família não vai querer cuidar de você? Não dá pra saber. Tem gente que se sente mais triste ao colocar os pais no asilo do que ao cuidar deles em casa.

Lembrei-me da expressão que meu pai tinha feito na noite anterior. E da postura cabisbaixa dele enquanto trocava a fralda da vovó.

— Nagano, se seu pai ou sua mãe dissesse que iria para um asilo, você não sentiria nada? Iria deixá-los partir, feliz?

— É óbvio que me afetaria... Mas, às vezes, não tem outra saída. Existem casos em que é o melhor para todo mundo. E geralmente é o que se faz. Na sua família foi assim, não foi? No final das contas, vocês vão colocar a sua avó em um asilo, não é mesmo? Não tem outro jeito. Assim, sua família fica feliz e sua avó também, com certeza...

— Com certeza nada!

Os outros clientes se viraram para nós, espantados. Nagano fechou a cara e deu um gole no café.

— É muito constrangedor quando você faz isso, reclamando do que eu falo — murmurou ele, mal-humorado.

De fato, as escolhas de palavras dele muitas vezes me incomodavam. Mas, no fundo, eu sabia que Nagano estava certo.

Entretanto... Entretanto... Entretanto...

Eu queria que Nagano se afetasse mais. Queria que ele ficasse mais indeciso e angustiado sobre a questão, sem saber qual decisão era a correta. Porém, caso ele dissesse que aquela conversa não levaria a nada, eu não teria como discordar.

— Deixa isso pra lá — falou Nagano, outra vez sorrindo. — Vamos embora?

— Sim...

— Não se preocupe, eu vou me comportar. E você também precisa deixar a sua avó feliz.

Ele sorriu ainda mais.

Quando voltei para casa, havia uma enorme travessa de sushi sobre a mesa e, ao redor, vários pratinhos de petiscos feitos pela minha mãe. A última refeição da vovó conosco estava prestes a começar.

— Onde está Nagano?

Ignorando a pergunta da minha mãe, me dirigi até o sofá, onde minha avó estava sentada. Meu pai, que estava preparando a bebida, me perguntou se eu estava sozinha, mas não respondi nada.

Na verdade, enquanto Nagano estava pagando a conta no caixa, resolvi fugir. Eu sabia que era uma atitude covarde e desprezível.

Entretanto... Entretanto... Entretanto...

— Oi, vovó.

Quando eu a cumprimentei, minha avó ergueu a cabeça vagarosamente. Ela estava sorrindo.

— Boa tarde — disse ela.

— Escute, vovó... Desculpa. Era para eu trazer meu namorado hoje, mas... desculpa, hum... acho que não vou me casar com ele mesmo, então resolvi não trazer ele...

Meus pais e meu irmão olharam para mim, boquiabertos. A vovó continuou sorrindo. Era um sorriso dirigido a uma pessoa desconhecida.

Eu me virei para os meus pais.

— Achei que vocês precisavam saber também — falei.

— Os jovens precisam brigar. Se vão se casar, não podem deixar de brigar — cantarolou vovó, de repente.

A voz dela parecia estar flutuando, e o seu sorriso era muito sincero. Eu quis responder algo, mas senti que, se tentasse falar, apenas cairia no choro.

Ron Ron, que estava embaixo da mesa, pulou de repente no sofá, ronronou, todo dengoso, e subiu no colo da vovó.

— Oi, Ron Ron — disse ela, de repente parecendo ter voltado ao mundo real.

Provavelmente tinha esquecido o que havia falado sobre Nagano, apagando-o de sua memória. Mas não me importei, porque eu havia falado aquilo mais para mim mesma do que para a minha avó.

— Vovó, você adora o Ron Ron, não é? Sempre fica tão feliz com ele — falei.

Ela assentiu com a cabeça, acariciando as costas do gato em seu colo, como se dissesse que isso era óbvio.

— Esse gatinho é muito meigo. Ele é tão, tão carinhoso.

Ron Ron miou, dengoso, como se tivesse entendido.

— Que fofo. Você é muito carinhoso... Obrigada mesmo...

Senti um calafrio. Meus pais também gelaram. Será que ela descobriu a farsa?

A vovó segurou Ron Ron nos braços e aconchegou-o em seu peito.

— Obrigada por tudo... — disse ela ao gato. Então, virou-se para nós. — Obrigada.

Ela parecia desvanecer diante de nós. Papai grunhia. Mesmo que eu não visse, sabia que ele estava chorando.

— Carinhosos. Todos são muito carinhosos.

Vovó voltou a olhar para o Ron Ron.

Fiquei refletindo se éramos carinhosos. Talvez fôssemos mesmo. Entretanto, éramos fracos e não víamos alternativa a não ser colocá-la em um asilo. Não sabia dizer se éramos fracos e por isso éramos carinhosos, se éramos carinhosos e por isso éramos fracos, ou se, mesmo sendo fracos, éramos carinhosos, ou se, quem sabe, mesmo sendo carinhosos, éramos fracos... De repente, aquele "entretanto" pairando na minha mente assumiu um grande peso.

Meu celular tocou no bolso. Mesmo sem olhar, sabia, pelo toque, que era uma ligação de Nagano. Desliguei o aparelho. Depois, virei-me para a cozinha, onde todos pareciam estáticos, como se estivessem em um vídeo pausado, e falei:

— Vamos comer!

Meu pai estava tão concentrado em não derramar lágrimas que continuou imóvel. Minha mãe, sorrindo, me convidou para beber com ela.

Era a última noite da vovó conosco. Resolvi que diria a ela "Vá com cuidado", não "Adeus".

Meu pai, fungando, pegou uma garrafa de *umeshu* gelado, um licor de ameixa-japonesa. Ao longo da vida, vovó tinha trabalhado incansavelmente para criar os filhos, e o único luxo ao qual ela se dava era apreciar uma boa dose de *umeshu* antes de dormir.

— Então, vou sentar à mesa — falou meu irmão tranquilamente.

— Não pode comer *kappamaki*, aquele *norimaki* de pepino, entendeu? — alertou minha mãe.

Quando comíamos sushi com a vovó, mesmo pedindo o combo extragrande, tínhamos que pedir porção extra de *kappamaki*. Ela adorava esse sushi.

Ron Ron desceu do colo da vovó e veio se esfregar nas minhas pernas, miando. Realmente, ele era bem mansinho e carinhoso. Também era muito inteligente.

Enfiei novamente a mão no bolso e segurei o celular com força.

— Mãe, vou lá em cima dar um telefonema.

Minha mãe não respondeu. Como ela estava tirando as louças do armário, talvez não tivesse me ouvido. Eu estava prestes a repetir, mas a vi colocar seis pratinhos de vidro no balcão da cozinha, e percebi que não precisava dizer mais nada.

— Vamos brigar — falei para Nagano. — Não importa se estamos certos ou errados. Vamos brigar bastante daqui pra frente.

Eu estava aliviada por ele não ter desligado o celular.

— Daqui pra frente...? A partir de quando? — perguntou ele.

— A partir de hoje à noite, no jantar — respondi.

— Tem certeza? — indagou ele, rindo.

— Minha avó está esperando.

— Vamos brigar na frente dela?

— Não precisa forçar a barra.

Acabei soltando uma risada. Nagano também riu.

— Chegarei em cinco minutos — disse ele.

Achei estranho, pois a distância entre a estação de trem e a minha casa era de cerca de dez minutos a pé.

— Você já estava vindo para cá?

— Hum, sim... Pensei que poderia ser enxotado na porta, mas não iria me importar.

— Você hesitou?

— O quê?

— Hesitou diante da ideia de vir? Ficou na dúvida se era uma boa ideia?

— Óbvio que sim — respondeu Nagano, meio bravo. — Também fiquei triste.

Gostei daquilo. Se era para brigar, era melhor que fosse com uma pessoa hesitante, preocupada e que ficava triste. Para fazer as pazes, não havia nada melhor do que uma pessoa carinhosa.

Depois de encerrar a chamada, quando fui me dirigir ao andar inferior, ouvi o papai rindo. Ele chamava a vovó de “mamãezinha”, como uma criança. Não a chamava de “vó”, nem de “mãe”.

“Mamãezinha, mamãezinha, mamãezinha...”

Larguei o celular em cima da escrivaninha, saí do quarto e desci a escada vagarosamente, degrau por degrau. Segui para a sala de estar, onde a família toda estava. Logo chegaria mais uma pessoa que, no futuro, faria parte da nossa família. Eu tinha certeza de que a vovó receberia essa pessoa com um grande sorriso.

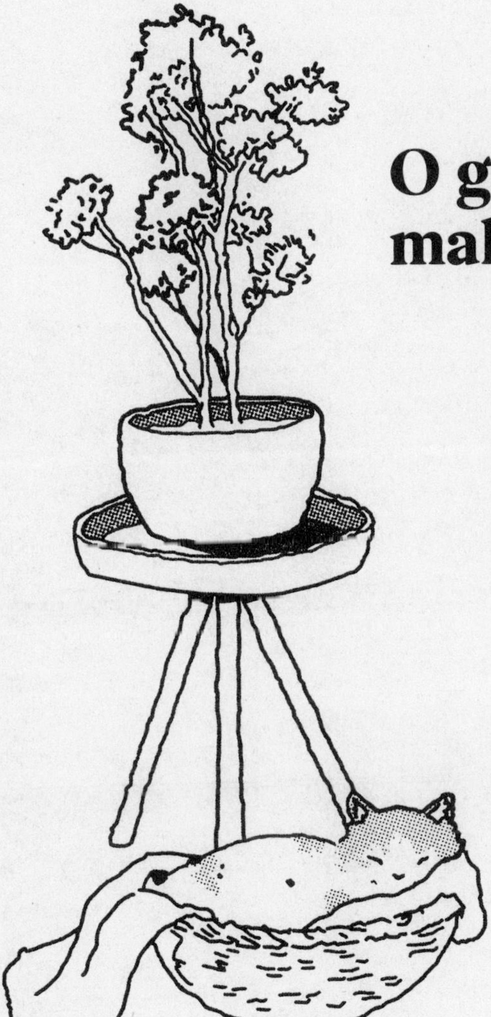

O gato malvado

1

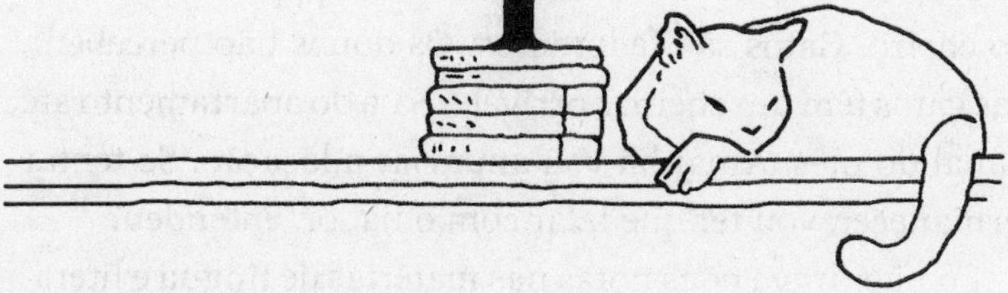

Ouvi o rugido do gato.

Eu tinha certeza de que havia ouvido o gato urrar, demonstrando seu ódio. O barulho devia ter vindo do apartamento 204, que uma moça havia alugado no mês anterior. Ela certamente não sabia do terror que era o dono do prédio. O velho era escroto e ardiloso.

Saí do meu apartamento e desci a escada, indo do terceiro para o segundo andar. No fim do corredor, dei uma espiada na direção do apartamento 204. Em frente à porta, o velho, dono do imóvel, estava em pé e, diante dele, uma moça se desculpava. Porém, se ele fosse o tipo de pessoa que aceitava um pedido de desculpas, não estaria fazendo aquilo.

— É o regulamento — disse o velho. — Está escrito no contrato. Não leu?!

Quando aquilo acontecia, eu sempre pensava que ele poderia ser mais educado e tratar a pessoa por “senhor(a)” ou algo do tipo. Depois disso, o velho disparou a falar, sem dar brecha para a inquilina se defender.

— Vai ter que ir embora daqui... Não pode. Regras são regras. Até uma criança sabe disso... Não quero ouvir desculpinhas. Você infringiu o regulamento... Não precisa ser amanhã, dá para esperar até o fim do mês. Só até o fim do mês... Vou verificar os quartos. Talvez não tenha como devolver a caução, lógico. Vai precisar trocar o papel de parede... É o cheiro. Gatos são fedorentos. Os donos não percebem, mas gatos têm um cheiro horrível... Saia do apartamento até o final do mês. Amanhã vou anunciar a locação. Se tentar permanecer, vou ter que falar com o fiador, entendeu?

Eu não tirava boas notas nas matérias de língua e literatura quando era criança. Mas, ouvindo o velho falar, fiquei mais esperto. Aprendi o significado de várias palavras, tipo "eloquência", "prepotente" e "antissocial".

Nesse dia, o velho despejou na moça tudo o que queria falar.

No fim, a moça também ficou mal-humorada, e, na hora de fechar a porta, tanto o gesto quanto o barulho eram de uma pessoa cheia de raiva.

Eu a entendia. Só de ver o velho, sentia repulsa. Se precisasse lidar diretamente com ele... era provável que o esfaqueasse.

Ele olhou para mim, e eu tentei desviar o olhar, mas era tarde demais. Nossos olhares se cruzaram. Não tendo outra saída, dei um sorriso forçado e o cumprimentei. Ele, de cara fechada, fez um movimento com o queixo e me cumprimentou. Ele era a personificação de "antipático". Ou seria "apático"? Eu sempre confundia as duas palavras.

O velho segurava uma caixa transportadora. Era um homem mal-humorado de 70 anos andando com uma caixa por aí, uma combinação que não caía bem. Porém, aquilo era justamente o que fazia o proprietário ser mais odiado ainda.

Dentro da caixa, havia um gato. Era um gato de aluguel que o velho trazia uma vez por mês, no sábado, de um pet shop. Ele usava o gato para controlar os inquilinos que infringiam a regra de proibição de animais de estimação. Ele caminhava pelos corredores do edifício carregando a caixa e, quando passava na frente de um apartamento que tinha algum animal, o gato miava. Era como um detector de metal.

Desci até o térreo como se fugisse dali e, depois de sair para a rua, me virei e olhei o edifício. O prédio tinha três andares, com apartamentos de um quarto. No total, eram vinte apartamentos mais a residência do velho. Ouvi falar que o terreno era da casa onde ele tinha morado, então ele devia ter sido muito rico. Devia ter demolido a casa e construído aquele edifício de apartamentos pequenos, morando num deles, sozinho. A vida realmente mudava bastante, nos levando a caminhos inimagináveis.

As condições dos imóveis alugados não eram ruins. Na verdade, eram ótimas. O prédio ficava a apenas três minutos da estação de trem. Se quisesse ir para Shinjuku, dava para pegar um trem direto que chegaria em quinze minutos, e, fazendo baldeação, se chegava em vinte minutos em Shibuya. Havia linhas de metrô que faziam integração com as de trem, e também era próximo à rodovia expressa de Tóquio. A construção tinha cinco anos, e tinha TV a cabo. O único quarto do apartamento era muito mais amplo que dois quartos de um apartamento comum, e o imóvel tinha uma cozinha bem equipada. Além disso, havia um banheiro e um lavabo. Como era de esperar, a fechadura era automática. Mesmo com todas essas condições, o aluguel era bem abaixo do mercado. Fazia até a pessoa se perguntar se alguma coisa terrível havia acontecido ali. Era tão barato que, se fizessem um anúncio em uma imobiliária, seria divulgado em letras garrafais: "IMPERDÍVEL!" Mas, lógico, o velho era o grande porém.

Fui caminhando até a estação de trem e, quando passei em frente a uma imobiliária, vi um jovem funcionário colocar um panfleto na vidraça da loja.

Era um anúncio do prédio onde eu morava: apartamento número 204, liberado para ocupação no mês seguinte. O velho era inescrupuloso e agia rápido. Lembrei-me do rosto da moça pedindo desculpas ao locador, e acabei soltando um suspiro.

O velho diria que a culpa era de quem tinha infringido as regras. E, no fundo, ele tinha razão. O panfleto do anúncio também enfatizava isso: "PROIBIDO ANIMAIS DE ESTIMAÇÃO". Suspirei novamente. *Regra é regra*, pensei. De repente, a palavra "proibido" se sobrepôs ao rosto do velho todo enrugado.

— Como era esse gato? — perguntou Etsuko, preocupada.

— Eu o vi duas ou três vezes... Tinha uma cara de poucos amigos... — falei, fazendo uma careta.

Etsuko riu.

— Não dá para saber a personalidade de um gato só pela aparência.

— Dá, sim. Sério. Só de olhar, dá para ver que é um gato mau-caráter.

Eu não entendia de gatos, mas pensei que os bichos perversos que apareciam em contos de fadas e histórias infantis eram parecidos com aquele gato.

— Ele é gordo?

— É, sim. Ele tem pelos compridos e parece ser bem arrogante.

Assim como havia seres humanos com os quais não íamos com a cara, existiam gatos que nos deixavam nervosos, mesmo sem motivo. Os animais dos inquilinos deviam berrar só de sentir a presença daquele felino insuportável. Com certeza era por isso que os sons que emitiam eram sempre em tom de inimizade. Não era um cumprimento entre iguais. Se fosse fazer uma analogia com os humanos, gritavam como se dissessem, num tom bem hostil: "Vaza daqui, seu desgraçado!"

— Como será esse gato? — Etsuko inclinou a cabeça.

— É o pior gato do mundo — falei. Não tinha nada contra o gato em si, mas, só de pensar que ele estava ajudando aquele velho ranzinza, eu ficava revoltado. — Tenho certeza de que você vai achar o mesmo quando vir ele.

— Será?

Etsuko inclinou a cabeça novamente.

— Eu gosto de todos os gatos do mundo — disse ela, acariciando a gatinha em seu colo.

Segundo ela, havia encontrado a felina em uma caixa de papelão, no dia anterior. Junto com a gatinha, havia um recado extremamente egoísta e cara de pau do ex-dono: "Por favor, que seja resgatada por alguém de bom coração."

— Você vai ficar com ela? — perguntei, um tanto receoso.

— Se puder... — respondeu ela, depois de uma pausa.

— O prédio onde você mora permite animais?

— Não...

— Então, o que você vai fazer?

— Pois é...

— Eu estava pensando, se possível, em deixar a gata com você...

— Não tem como.

— Eu vou morar junto com vocês.

— Já disse, não tem como.

Então, finalmente assimilando o que ela tinha dito, me virei para encará-la.

— Hã?

— Não pensei em nos casarmos, mas morar junto seria uma boa solução... — explicou ela, tímida.

— Está falando sério?

— Sim... — respondeu ela, ruborizada. — Você não acha uma boa ideia, Takkun?

Sim, sim, sim, sim! Assenti com a cabeça sem parar, concordando, como um boneco de mola. Pulei, emitindo um som esquisito, de alegria. Fazia seis meses que a tinha chamado para um encontro e, desde então, não olhei para outras mulheres, mesmo tendo pequenos atritos entre nós nesse meio-tempo. E estava dando frutos naquele momento. Entretanto, antes que eu desse um segundo grito de felicidade, Etsuko me fez parar.

— Mas... se é proibido gatos aqui também...

— Não! Calma... Pode deixar comigo, vou dar um jeito.

— Como assim, "dar um jeito"?

— Ah, sei lá... tipo, matar aquele velho, dono do prédio...

— Você é tão bobo — disse ela, rindo.

Eu era bobo mesmo. Então, se ela me pedisse para matar o velho, talvez eu tivesse ido comprar a faca. Passei a realmente entender quem arruinava a própria vida por causa de mulher.

— Nós dois morando aqui, neste apartamento...?

— Já que vamos morar juntos, que tal nos mudarmos?

— Mas são poucos os lugares que aceitam animais. Mesmo que encontrássemos um apartamento, o aluguel deve ser caro.

— Pois é...

— Você tem dinheiro, Takkun?

Baixei a cabeça e neguei.

Eu não tinha emprego fixo, mesmo já estando com 25 anos. Pagava minhas contas trabalhando de faxineiro durante o dia e de atendente de loja de conveniência durante a madrugada. Etsuko trabalhava como terceirizada dez dias ao mês, e, como eu, provavelmente não tinha dinheiro sobrando. Mesmo que nós dois pagássemos o aluguel, era impossível morar em um apartamento da mesma qualidade desse, bem barato, onde eu morava.

— Que tal morarmos no interior? Se for em Chiba ou Saitama, o aluguel deve ser barato.

— Você conseguiria fazer isso, Takkun?

— Talvez seja difícil suportar...

— Tenho certeza de que vai ser difícil — disse ela com firmeza. — Eu também não aguentaria.

Priorizar a diversão em vez do trabalho, e o presente em vez do futuro — essa era a minha vida. Mas eu sabia que isso era ruim. Porém, uma vez acostumado a levar uma vida na cidade grande, seria impossível viver no interior.

Pensei em sugerir que nós nos desfizéssemos da gatinha, mas não tive coragem de falar. Se eu dissesse isso, certamente ela me acharia desprezível.

Eu não queria me separar de Etsuko.

Etsuko não queria se separar da gatinha.

Eu, no lugar onde morava, não podia ter um gato.

Nem tinha como me mudar.

Etsuko queria morar comigo.

Minha cabeça começou a doer.

Eu tinha aversão a pensar demais.

Numa situação dessas...

Fizemos sexo. A gatinha ficou nos vendo pelados, com cara de boba. Senti-me asqueroso... Porém, quando o corpo ficava aliviado, a mente também ficava.

— Tive uma ótima ideia! — anunciou Etsuko, já vestida.

— Eu também.

— É mesmo?

— É só a gatinha não miar quando o proprietário passar com o gato de aluguel, não é?

— Isso! Exatamente!

— A gatinha só vai miar se não gostar do outro gato.

— Isso mesmo. Então...

— Então, basta a gatinha fazer amizade com o gato do proprietário antes que ele passe por aqui, que tal?

— Isso! Isso!

— Como o gato do proprietário é de aluguel, nós também podemos alugar.

— Exatamente.

— Viu? Então, vamos alugar aquele gato e fazer com que eles virem amigos, para que a gatinha não mie no dia de checagem. Daí, vai ficar tudo bem.

Fiz um joinha. Etsuko repetiu o gesto. Estávamos num clima muito bom.

— Só tem o fato de que o gato tem temperamento ruim...

— Às vezes é só impressão. Vai que, na verdade, ele é legal.

— Quanta positividade...

— Relaxa. Confie em mim.

Comemorei em silêncio, estufando o peito.

No dia seguinte, sem perder tempo, fui visitar o apartamento do proprietário. Fazia dois anos que eu não falava com ele, desde que havia me mudado para o prédio. O velho, logo que abriu a porta, perguntou o que eu queria com uma expressão indiferente, como se enxotasse um vendedor. Era de dar nos nervos...

Forcei um sorriso.

— Um amigo meu quer alugar um gato, então eu queria saber onde o senhor aluga.

O velho, fazendo uma cara ainda mais ranzinza, revelou o nome da loja, como se jogasse fora uma bola de papel amassada.

Era um velho desprezível, e pensei que seria melhor matá-lo logo.

— Muitíssimo obrigado! — exclamei. — Com licença.

— Ei, espera aí...

— Sim?

— Está separando o lixo direito? Você está jogando fora as garrafas PET junto com as latinhas, não é? Tem que separá-las direito.

Quase respondi: "Não enche o saco, babaca!"

E, dessa forma, começamos a colocar o nosso plano em ação.

2

O ambiente do pet shop era mais limpo do que eu imaginava. Como os animais ficavam dentro das gaiolas envidraçadas, quase não se ouvia barulho, nem se sentia cheiro algum.

Eu havia pensado que esse tipo de loja tinha cheiro de zoológico, um cheiro animalesco. Também pensei que seria um ambiente barulhento, uma sinfonia de sons de cães, gatos e pássaros.

— Deixa de ser tonto! Se os pet shops fossem assim, ninguém compraria animais.

Etsuko tinha razão. As gaiolas envidraçadas consistiam de vários compartimentos dispostos vertical e horizontalmente. Eram parecidas com um guarda-volumes transparente ou com uma caixinha transparente que se via em lojas de armarinho. Tanto no setor de cães quanto no de gatos, havia apenas filhotes.

— Escute... — murmurei, cutucando Etsuko.

Atrás do balcão, um atendente estava escrevendo algo. Ele poderia soltar em cima de mim um Dobermann ou um Tosa Inu se eu falasse algo esquisito.

— Deve haver animais que eles não conseguem vender.

— Lógico.

— O que acontece com esses animais?

Havia pessoas que tinham preferência por ficar com pessoas mais velhas, mas tudo indicava que, em relação aos animais de estimação, isso não ocorria. O ser humano só gostava de filhotinhos.

— Será que eles são vendidos com desconto? — Etsuko inclinou a cabeça, em sinal de indagação.

— Não é algo que se compra só por estar barato. Eles ocupam espaço.

— Acho que ocupar espaço não é o problema...

— Mas, pense bem... E se eles crescerem, envelhecerem e, ainda assim, ninguém quiser eles? O que acontece com eles?

Por um instante, a palavra "sacrifício" pairou na minha mente e, sem querer, fiz uma careta. Olhei novamente para as gaiolas e, dessa vez, senti que tanto os gatinhos quanto os cachorrinhos tentavam conquistar a simpatia de quem passava por ali. Eles não estavam balançando seus rabos desesperadamente ou se esfregando no vidro, mas dava para sentir que todos exalavam uma aura que dizia: "Leve-me, por favor!"

Até então, eu achava que os animais de estimação tinham uma vida muito boa, com comida e uma cama quentinha garantidas. Porém, até conquistar essas coisas, tinham que passar por uma prova de sobrevivência dificílima, o que me fez querer dizer: "Não desistam!"

— Escuta...

— Sim?

— Ter 25 anos... Se fosse um animal de estimação, seria bem difícil.

— Hã? Takkun, você está falando de si mesmo?

Calado, baixei a cabeça. Não tendo sonhado com algo que eu realmente quisesse fazer, fui levando a vida fazendo alguns serviços aqui e ali, sem nenhum objetivo em mente. E senti que continuaria assim pelo resto da vida.

Será que eu queria isso para mim?

Clap, clap, clap.

Diante de mim, Etsuko batia palmas para chamar minha atenção. Parecia até uma professora de dança marcando o ritmo.

— Chega de ficar triste. Não temos tempo a perder. Vamos logo alugar o gato!

Ela foi se dirigindo ao balcão e, sem opção, eu a segui.

— Com licença — disse Etsuko, chamando o atendente e inclinando-se sobre o balcão.

De repente, me dei conta de que tinha esquecido de perguntar o nome do gato ao velho. Eu sempre fazia besteira! Tinha déficit de atenção e não conseguia ler mapas nem entender o que as pessoas falavam — era líder dos esquecidos, imperador de erros por desatenção, rei da dislexia... Bem, o que o professor dizia sobre mim quando ainda estava no ensino fundamental acabou sendo uma premonição sobre o meu presente.

Fiquei com vontade de perguntar àquele professor o que ele achava de um "adulto irresponsável", caso eu o reencontrasse em uma futura reunião de turma.

O atendente se pôs à nossa frente.

— Pois não?

— Queríamos alugar um gato... Vocês fornecem esse serviço?

— Sim, fornecemos — respondeu ele a Etsuko, simpático, e me olhou de relance.

Cerrei a mandíbula, imaginando o que ele estava pensando. Eu, sendo um sujeito que havia abandonado a escola no ensino médio e que tinha nove anos de experiência em serviços aleatórios, entendia o que significava aquele olhar.

— Quem vai alugar o gato?

Etsuko, sem hesitar, apontou para mim.

— Ele — respondeu ela.

Ai, meu Deus!, pensei. Fiquei profundamente arrependido de não termos combinado o que falar.

Imaginava que ela quisesse priorizar a minha honra, mas Etsuko, que trabalhava como terceirizada, não conhecia o estado frágil de um sujeito sem emprego fixo. Se bem que, sabendo disso, era possível que me largasse imediatamente.

Etsuko abriu espaço para mim, e eu fiquei de pé em frente ao balcão. O atendente, com um sorriso profissional, me perguntou:

— É a primeira vez que o senhor vai alugar um gato?

Assenti com a cabeça.

— Na nossa loja, para alugar um gato, é necessário fazer um cadastro.

— Sim, tudo bem.

— O senhor tem algum documento para podermos conferir?

— Pode ser carteira do plano de saúde?

— Tem algum outro documento que tenha foto sua?

— Tenho a carteira de motorista...

— Seria melhor algo que comprove onde o senhor trabalha.

É sempre assim, pensei.

— Tenho o cartão de pontos do supermercado... mas acho que esse não serve.

O atendente me olhou em desaprovação. Ele não havia entendido minha piada.

— E a carteirinha de clientes associados da livraria, serve?

O funcionário se manteve impassível. Porém, não dei o braço a torcer.

— Cartão do posto de gasolina?

Ignorado.

— Cartão da loja de discos?

Silêncio. O clima era o de uma cena de filme em que o assassino matava a vítima em silêncio.

— Carteirinha de doador de sangue?

O atendente, de saco cheio, olhou para Etsuko. Então, resolvi dar o golpe final.

— Achei! — exclamei, pegando o documento de dentro da carteira e colocando-o sobre o balcão. — Este serve?

Era uma carta de Pokémon.

No geral, as pessoas caíam na risada quando eu fazia isso, principalmente quando eram mulheres mais velhas e sérias. Desde que a pessoa risse, mesmo que o problema não fosse resolvido, eu conseguia aliviar um pouco a tensão.

Entretanto, esse atendente parecia muito sério e, com um olhar de repreensão, me encarou como se quisesse dizer para eu parar com essas bobagens. Vendo a situação, Etsuko interveio:

— Chega, Takkun. Pare de palhaçada. Que tal alugar no meu nome? Tudo bem assim?

— Sim...

Etsuko mostrou o crachá da empresa em que trabalhava. Não era exatamente um documento de identificação, mas, em comparação à carta de Pokémon, havia uma diferença gritante. Se fosse fazer uma analogia com o beisebol, mesmo um arremesso simples parecia uma bola rápida, se fosse feito após um lançamento vagaroso. Foi esse o efeito causado por aquele crachá, em comparação com a minha carta de Pokémon.

De qualquer forma, o diálogo com o atendente mostrou avanços. Ele fez o cadastro de Etsuko no sistema da loja, utilizando as informações preenchidas por ela no formulário de locação. Depois, perguntou:

— Teria alguma especificidade sobre o gato?

Etsuko abriu espaço para mim novamente, permitindo que eu me aproximasse do balcão.

— Um a zero para mim — sussurrou ela ao meu ouvido, enquanto passava por mim.

Se eu dissesse que havia esquecido de perguntar o nome do gato para o velho, ela declararia vitória e exigiria que eu pagasse o jantar...

A minha preocupação foi em vão. Quando perguntei se deveria dizer o nome do gato, o atendente simplesmente respondeu:

— Os gatos para alugar não têm nomes.

Ele explicou que os locatários colocavam o nome que achassem adequado. O mesmo gato, quando alugado pelo senhor A, podia receber o nome "Elizabete", e quando alugado pelo senhor B, podia receber o nome "Tama".

— É que o afeto começa quando você mesmo coloca o nome no seu gato.

— Como assim?

— Os gatos não entram em pânico recebendo nomes diferentes? — perguntou Etsuko.

— Não se preocupe com isso. Eles sabem que é algo temporário. Quer dizer, apenas suponho isso, pois não entendo a linguagem dos gatos.

Pela primeira vez, o funcionário tinha dito algo parecido com uma piada.

— Ah, entendi — disse Etsuko e acenou com a cabeça. Depois riu.

— Será que eles são muito inteligentes? Ou muito bobos?

Eu também ri, mas estava pensando nos gatos de aluguel como funcionários terceirizados ou *freelancers.*

— Os gatos que temos disponíveis atualmente são esses...

O atendente pegou a lista e abriu sobre o balcão. Havia fotos de diversos gatos, e nenhum deles era filhotinho. O atendente, pensando que ficaríamos desapontados, começou a explicar o motivo de não haver filhotes na lista, como se estivesse se desculpando.

— Os gatos jovens não lidariam bem com a troca contínua de dono. Além disso, treinamos os gatos que preferem suas casas, e não seus donos, para se adaptarem a qualquer ambiente. Por isso, eles dormem em qualquer lugar, desde que estejam com sua manta favorita.

Assenti em concordância. Entendia perfeitamente, pois um funcionário terceirizado ou *freelancer*, que vivia mudando de trabalho, precisava ter capacidade de se adaptar rapidamente a novos ambientes. Certa vez, alguém disse que impermanência no emprego era a prova da incapacidade de uma pessoa, mas isso era ridículo. Não deviam desprezar a perseverança de uma pessoa que enfrentava de cara novos desafios.

Naquele dia, eu estava meio esquisito. Ali estava eu, comparando a minha vida à de gatos de aluguel.

— Qual desses é?

Ouvindo as palavras de Etsuko, fui folhear o catálogo. Informavam idade, sexo e raça ou pelagem, tais como tricolor e Pelo Curto Americano. No lugar do nome, havia um número. Parecia um cardápio de restaurante.

O "parceiro" do velho estava na última página. Ele era gordo, tinha olhar ameaçador e expressão arrogante. Era tão odioso que faria até Etsuko — que adorava gatos — sair correndo.

Idade: 6 anos.

Macho.

SRD.

— O que significa "SRD"? — perguntei.

— É um gato vira-lata, sem raça definida. Também chamamos de "doméstico".

Achei melhor informar "doméstico", em vez de "SRD". SRD... Quando perguntavam em enquetes de rua sobre profissão, havia as opções "carteira assinada", "estudante" e "outros", e "SRD" parecia ser essa última. Novamente estava me comparando com um gato.

— Tirando esse, todos são de raça pura? — perguntou Etsuko.

— Isso mesmo. Na verdade, esses gatos, em sua maioria, são os que sobraram na loja. Então, temos mais gatos de raça pura...

Fiquei incomodado com a expressão "raça pura". Não deveria haver classificação no sangue, se é "puro" ou não. Quando se misturava o sangue do pai e da mãe, o resto era apenas uma continuação de misturas.

Nossa, eu estava esquisito mesmo.

— Posso alugar esse gato hoje? — perguntei.

— Ah, sim, lógico... — respondeu o atendente, hesitante.

— Tem algum problema? — indagou Etsuko.

— Não, não chega a ser um problema... Na verdade, para quem aluga um gato pela primeira vez, eu não o recomendo.

— Por quê?

— Ele tem um temperamento violento. É briguento e não gosta de ninguém. Ele tem suas manias...

— Mas ele está treinado para ser um gato de aluguel, não é?

— Sim, ele recebeu treinamento, mas tem um perfil peculiar de escolher seu dono e, quando ele não o aceita, fica extremamente agitado...

Por um momento, hesitei. Me veio à mente o rosto do velho, uma representação do mau humor. Pensei que, para que o gato me aceitasse como seu dono, teria que ser como aquele velho.

Porém, não tínhamos alternativa.

— Sem problemas, vamos alugá-lo.

— Tem certeza?

— Não se preocupe.

— Tudo bem, mas... *Tem certeza?*

Fiquei incomodado com a expressão de dúvida do atendente e tive vontade de dizer para ele não subestimar trabalhadores temporários. Eu já tinha me deparado com gente escrota no trabalho muito mais do que qualquer trabalhador fixo. Onde tinha gente problemática, lá era o lugar de um trabalhador temporário. Mais uma vez, eu pensava em coisas sem sentido.

— Pode deixar com a gente — falei com firmeza. Etsuko me olhou admirada. — Vou ensinar ele a ser um bom gato. Ha-ha-ha!

Pouco depois, meu riso se transformou no lamento de um bebê chorão com Band-Aid na ponta do nariz.

Aparentemente, quando espiei pela porta da caixa transportadora colocada sobre o balcão, o gato julgou que eu não tinha perfil para ser dono dele.

Como um boneco de mola de uma caixa surpresa, uma pata emergiu da caixa transportadora e arranhou a ponta do meu nariz.

Porém, eu não tinha outra opção senão ficar com aquela droga de gato, o tal vira-lata.

3

Uma vez no apartamento de Etsuko, resolvi colocar logo um nome no gato. Decidi que iria chamá-lo de Vira-Lata, já que não tinha raça definida.

— Que cruel — disse Etsuko, parecendo brava.

— Que foi? Ele é uma mistura de raças mesmo.

— Mas você poderia considerar um pouco os sentimentos do gato...

— Que chatice! É só um nome. Pare de reclamar por uma coisinha dessas.

Etsuko tinha dado o nome de Charmy, igual ao detergente de louças, para a gatinha que encontrou na rua. Esse nome me parecia muito mais ofensivo para a gata, mas, se eu dissesse isso, era capaz de receber um soco na cara. Então, calado, peguei a caixa transportadora com Vira-Lata e a coloquei no meio da sala.

Dentro da caixa, estava um caos. Vira-Lata estava furioso, rosnando. O atendente havia me dito que o felino ficaria quieto depois que o colocasse na caixa... Que enganação.

— Vai abrir? Será que não vai ter problema? — perguntou Etsuko, preocupada, com Charmy no colo.

— Temos que abrir a caixa.

— Será que ele vem até Charmy?

— Ah, sei lá.

Para o incidente da loja não se repetir, me inclinei para trás e afastei meu rosto da caixa. Etsuko ficou em um canto da sala.

— Lá vou eu.

Abri a porta da caixa. Vira-Lata saiu devagarinho, completamente diferente do que estava minutos atrás. Olhou ao redor como se perguntasse "Onde estou?", rosnou alto, o que quase soou como um grito de guerra num jogo de rúgbi, virou-se de repente e pulou na minha direção. Fincou suas unhas na minha camiseta, puxou o tecido com toda força e, ao rasgá-la, atingiu também minha barriga, que começou a sangrar.

— Seu desgraçado! Chega de palhaçada!

Pensei em dar um chute nele, mas, nesse mesmo instante, Vira-Lata se virou rapidamente e foi caminhando devagar em direção a Etsuko.

— Aiii! Aiii! Aiii! — gritou Etsuko, imóvel. Não estava sendo um pouco ridícula?

Vira-Lata parou de andar. Ficou sentado em uma posição parecida com a do gato da sorte, com as patas dianteiras no chão, sentado como um cachorro alerta, e começou a analisar Etsuko — ou melhor, Charmy, que estava no colo dela.

Charmy também encarou Vira-Lata, paradinha. De repente, Charmy soltou um fraco miado.

— Rrrrrr! — rosnou baixo Vira-Lata.

— Miauu — miou Charmy mansamente.

— Hssssss — sibilou Vira-Lata.

— Miauuu — respondeu Charmy.

— Hssssss — bufou Vira-Lata.

Os gatos pareciam estar conversando.

Charmy se desvencilhou de Etsuko e pulou no chão. Mesmo sendo filhote, ela aterrissou habilidosamente, como todo gato.

Vira-Lata foi se aproximando, devagarinho, de Charmy. Esta, por sua vez, também caminhou em direção a Vira-Lata, com passos leves.

Vai ser atacada!, pensei, enquanto uma trilha sonora de filme de suspense ecoava em minha mente. Porém, Vira-Lata não atacou, e Charmy não saiu correndo de medo.

Pelo contrário, Charmy esfregou a sua carinha em Vira-Lata e deu uma batidinha no ombro robusto dele com sua patinha frágil. Vira-Lata permaneceu imóvel, sentado, com uma expressão antipática.

— Miau — anunciou Charmy, esfregando a carinha na barriga de Vira-Lata.

Depois, como um bebê canguru, se enfiou debaixo do gato mais velho. Vira-Lata não se mexeu e deixou Charmy à vontade, olhando para o nada, sempre de cara fechada.

— É o que estou dizendo... — declarou Etsuko, espirrando antisséptico no dorso da minha mão. — Você e Vira-Lata não se dão bem.

— Pare com isso...

— Aquele gato, apesar de parecer assustador, é carinhoso. Ele é muito afetuoso comigo e com Charmy. Tenho certeza de que, no fundo, é bonzinho.

— Pare com isso...

— Viu? Você fica bravo muito rápido, Takkun. Vira-Lata deve sentir que você é assim, por isso ele não é chegado a você. Quem sabe seu coração amoleça e você comece a gostar dele.

— Já disse para parar com isso! — exclamei, puxando minha mão machucada e soprando o dorso, que ardia.

Vira-Lata havia me atacado de novo.

Mesmo já no segundo dia de estadia, o desgraçado do gato me atacava assim que me avistava. Quando arranhou o dorso do meu pé depois do banho, saiu muito sangue, porque eu estava com o corpo quente. Quando me deitei, ele passou por cima de mim com tudo, pisoteando minha barriga com força. Quando eu estava lavando o rosto pela manhã, rasgou a parte de baixo do meu pijama. Fiquei com raiva e resolvi tomar uma cerveja, mesmo ainda sendo manhã, e ele derrubou a lata aberta, que eu havia colocado em cima da mesa.

Mesmo acontecendo tudo isso, eu, como uma pessoa extremamente tolerante, com um coração enorme, enchi o pote de ração de Vira-Lata e coloquei diante dele.

— Coma! — falei.

Então, aquela porcaria de gato de repente arranhou o dorso da minha mão...

— Eu gosto do Vira-Lata. Ele é carinhoso, você não acha?

Etsuko apontou com o queixo para um canto da sala. Charmy estava brincando ao redor de Vira-Lata. O mais velho não estava brincando junto, mas deixava a gatinha mexer nele, não parecendo nem um pouco incomodado.

— Você não acha que eles formam uma ótima dupla?

— Não notei...

— Eu nunca tinha visto Charmy tão dengosa assim. Geralmente, os gatinhos abandonados são muito solitários e, ao mesmo tempo, muito cautelosos. Então, talvez Vira-Lata seja um gato incrível.

Balancei de leve a cabeça para mostrar que ouvi e olhei para Vira-Lata. No momento em que nossos olhares se cruzaram, o gato virou o rosto, com expressão de desprezo. Será que ele realmente não gostava de mim? Senti-me incomodado e, ao mesmo tempo, triste.

— Takkun, você vai trabalhar hoje à noite, não é? O que vai fazer depois? Vem para a minha casa?

Depois de pensar um pouco, respondi:

— Vou para a minha casa. Acho que Vira-Lata também prefere isso.

— Você está fazendo birra.

— Não estou, não.

— Está, sim.

Talvez eu estivesse mesmo. E pensei que, de vez em quando, deveria aceitar a observação de outra pessoa. Eu me senti solitário, triste, frustrado e humilhado, a ponto de ser rejeitado por um gato perverso, preterido entre gatos de aluguel.

— Escute, Etsuko.

— Hum?

— Onde eu nasci, os pescadores têm uma expressão para aqueles peixes tão sem valor que nem os gatos querem comer: *nekomatagi*. Nesse caso, não é um peixe, mas, sim, um ser humano. Será que eu sou essa coisa sem valor, que nem mesmo um gato me dá bola? Já não sou tão jovem, não tenho emprego fixo, nem um futuro promissor. Nem sequer tenho algo que quero fazer. Afinal, quem eu sou...?

Eu não tinha intenção de me lamentar, mas as palavras foram transbordando de mim. Etsuko, que estava rindo, dizendo para mim que não era para ficar triste, foi ficando mais séria.

— Que tal achar um emprego fixo?

— Impossível. Eu não tenho ensino médio completo.

— Então, vai continuar como *freelancer*?

— Sei lá.

Levantei como se fugisse dali e segui em direção à entrada. Perto da porta, encontrei o cadarço do meu sapato desamarrado.

— Ah, foi mal. O Vira-Lata estava brincando há pouco e acabou desfazendo o nó.

Sem problemas. Afinal, eu era tão desprezível que nem o gato gostava de mim.

Triste, trabalhei madrugada adentro na loja de conveniência. Vendo os sujeitos que iam à loja durante a noite para ficar à toa — ler revista em pé, analisar pacotes de salgadinhos e refrigerantes recém-lançados, trocar mensagens no celular, sentar em frente à loja e tomar sorvete e, por fim, levantar-se, jogar no chão a embalagem do sorvete e desaparecer cambaleando em meio à escuridão —, acabei ficando melancólico.

O que nós estamos fazendo?, pensei, me incluindo entre aquelas pessoas. *Como estaremos daqui cinco anos? Se continuarmos aqui, vamos ficar pobres pelo resto da vida... Mas para onde devemos ir?*

Quando eu estava na escola, não tinha nenhuma matéria que ensinasse aquilo. A turma do rock e a do hip-hop simplesmente diziam para "destruir tudo".

Mas o quê?

Para quê?

Para início de conversa, onde estava o martelo para destruir tudo?

Às quatro da madrugada, coloquei nas prateleiras os *obentô* que tinham sido entregues. Esse era o último serviço da noite. Enquanto organizava os pacotes nas prateleiras, encarava o espelho de segurança. Na imagem que aparecia na superfície convexa do espelho, eu estava com uma testa enorme, e os pés e as mãos eram ridiculamente minúsculos.

Às cinco horas, troquei de turno com o pessoal da manhã e saí da loja. Quando cheguei em frente ao meu prédio, trazendo em uma sacolinha a marmita prestes a vencer, avistei a porta automática da entrada abrir. Vi o proprietário.

Cumprimentei-o com uma leve reverência, mas ele apenas me dirigiu um olhar antipático e seguiu em direção à lixeira ao lado da porta de entrada.

Era o dia de coleta de lixo orgânico. No meu edifício, havia muitos moradores que colocavam o lixo fora de hora, à noite, assim como aqueles que não separavam o lixo direito. Naquele momento, já havia diversas sacolas de lojas de conveniência cheias de lixo. O velho foi abrindo uma a uma para verificar o conteúdo. Lembrei que, na semana anterior, tinha sido colocado no saguão de entrada um aviso alertando os moradores para "observar as boas maneiras no descarte de lixo".

Fiquei chocado com o comportamento do velho. Boquiaberto e enojado, resolvi me afastar dali, mas de repente ele me chamou.

— Ei! — gritou ele.

Se eu fosse um estudante bem jovem que se achava valentão, talvez tivesse puxado uma faca.

— Que foi?

— Foi você que jogou esse lixo?

— N-não! Estou voltando do trabalho.

— Ah, então tá bom...

Como assim?, pensei. Revoltado, encarei as costas do velho. Ele continuava a checar o lixo.

— O que você quer? — perguntou ele. — Já terminamos de conversar. Pode ir embora.

A maneira de ele falar sempre me incomodava. Lembrei-me da vez que o orientador escolar do ensino médio me chamou na sala dos professores. Ele, ao saber que eu não tinha a pretensão nem de ir para a universidade, nem de procurar emprego, soltou um longo suspiro e disse que eu já podia me retirar, balançando a mão como se espantasse uma mosca.

Resolvi confrontar o velho.

— Escute... Posso dizer uma coisa?

— Que foi? — perguntou ele, fechando um saco de lixo.

— Hum... Ah, esses apartamentos locados... nós, inquilinos, pagamos aluguel, não é? Então, somos seus clientes.

— E daí?

— Então... hum... Não acha ruim essa sua atitude de não respeitar os próprios clientes?

O velho se virou para mim. Ele não aparentava estar bravo, mas, como estava sempre com uma cara de antipatia, pela sua expressão não pude saber o que ele pensava.

— Se desagrada você, pode sair.

Era uma resposta asquerosa, mas, contrastando com seu físico minúsculo, emanava uma aura misteriosamente impactante.

— Ah... Eu não estou dizendo que não gosto daqui...

O velho apenas assentiu com a cabeça e foi juntando os sacos de lixo. Depois, com tudo em mãos, caminhou em direção ao prédio. Cheguei a me questionar se ele era algum tipo de stalker, que mexia no lixo das pessoas, e corri atrás dele.

— O que vai fazer com isso?

— Vou guardar até às seis horas.

— Por quê?

— Porque só pode colocar o lixo fora depois das seis, ora.

— Vai deixar... no seu apartamento?

— Onde mais deixaria? — retrucou ele, subindo os degraus da entrada.

De repente, ele pareceu um pouco mais humano. O que ele estava fazendo era algo bem razoável, contrariando a minha expectativa.

— Ei... — chamei-o novamente.

O velho se virou para mim, descontente.

— Lembra que eu perguntei alguns dias atrás sobre o aluguel de gatos?

— Ah, lembro.

— Por que o senhor sempre aluga aquele gato?

— Cada um com seu gosto.

— É porque ninguém gosta daquele gato? — perguntei.

Não cheguei a dizer que eles eram iguais.

O velho, em silêncio, me encarou.

4

— Venha comigo — disse o velho, e saiu andando sozinho.

Fiquei incomodado com o tom de voz dele, mas, sem alternativa, o segui. O apartamento dele ficava no primeiro piso, no final do corredor. Depois de abrir a porta, ele disse para que eu entrasse, o que mais pareceu uma ordem.

Entrei.

O apartamento dele era maior do que o meu, mas tinha pouquíssimos móveis. Num canto da sala sem qualquer decoração, via-se um *butsudan*, uma espécie de altar budista. Devia ser o *butsudan* de algum familiar do velho. Movido pela curiosidade, espiei dentro do altar.

Acomodando no chão da cozinha os sacos de lixo jogados ilegalmente — talvez eu estivesse exagerando um pouco —, ele pediu que eu acendesse um incenso.

— Como é que eu faço isso?

— Hum? Você nunca acendeu incenso?

— Hã...

Eu só havia visto um *butsudan* nas novelas.

— Esses jovens de hoje em dia... — disse o velho, desconcertado.

Então, aproximou-se do altar, acendeu a vela, depois o incenso e, por fim, tocou o sino. Atrás do velho, que juntava as palmas das mãos, eu repeti o gesto e espiei a foto colocada no *butsudan*. Era a fotografia de um grupo de cinco pessoas. Era de um casal com dois filhos e... o velho.

Hã? Como assim?

Acabei apontando para a fotografia.

— Pode isso? — perguntei.

— Isso o quê?

— Hum... O senhor ainda está vivo, não é? Não pega bem sua imagem ficar no *butsudan*, não é mesmo?

Em silêncio, ele olhou para mim. Parecia desconcertado, como se me criticasse por falar algo idiota.

Eu não gostava de pessoas idosas porque elas não entendiam nós jovens.

Era lógico que eu sabia o que ele queria que eu perguntasse. Por isso mesmo não perguntava.

Ele esperava mesmo que eu fosse idiota o suficiente para indagar o que havia acontecido com a família na foto?

Sem dizer uma palavra, o velho sentou-se à mesinha no meio do cômodo, me abandonando diante do *butsudan*. Fora do campo de visão do sujeito, fiquei um pouco mais aliviado. As duas crianças na fotografia eram meninas. A mais velha parecia ser estudante de primeiro ano do ensino fundamental, e a mais nova parecia ter idade de estar ingressando no jardim de infância.

— Foi um acidente? — perguntei em voz baixa.

Até eu me surpreendi com aquele tom de voz sério.

— Um incêndio.

— Sério?

— A casa que tinha aqui antes de construir este edifício.

Ele contou que ali havia uma construção geminada. O fogo surgiu na cozinha da casa da família do filho durante uma madrugada com ventania e rapidamente tomou conta de tudo.

Ouvindo suas palavras murmuradas, parecia que eu estava escutando a narração da série documental *Project X Challengers*.

Eu nunca conseguia levar as coisas a sério. E, pela primeira vez na vida, percebi por quê: eu tinha medo. Havia coisas muito assustadoras no mundo, que, se eu levasse a sério, se tornariam reais demais.

O velho contou que correu para fora da casa e a família do filho também. Antes que eu perguntasse se eles não tinham morrido, a imagem da menina mais velha chamou minha atenção. Ela trazia no colo algo cinza. Era uma foto pequena, e, de início, achei que fosse uma pochete de pelúcia ou algo assim. Mas, olhando bem, percebi que era um gatinho, tão pequeno quanto Charmy.

Como se percebesse para onde eu olhava, o velho contou:

— O gato ficou para trás.

Ele falou que a neta mais velha correu para dentro da casa em chamas, seguida pela irmã mais nova. Então, a mãe delas foi atrás e, em seguida, o pai foi atrás das três. E...

Em minha mente, ecoaram gritos de desespero de alguém, iguais aos dos filmes de suspense.

Perdão. Eu realmente ficava com muito medo de levar as coisas a sério. E, naquele momento, eu detestava a mim mesmo por isso.

— É por isso que o senhor passou a não gostar de gatos?

— Gatos estragam o imóvel.

— Acho que o problema é outro.

— Incomodam os vizinhos quando miam à noite.

— Ah, tudo bem...

O velho e eu tínhamos personalidades opostas. Mas também achei que tínhamos algo em comum.

— Não acha estranho usar um gato para encontrar animais de estimação mantidos às escondidas, se o senhor nem sequer gosta de gatos?

O velho não respondeu.

— Por que o senhor escolhe sempre aquele gato? — insisti. — Tem que ser aquele?

Ele continuou calado. Pensei em ir embora, ignorando o velho desgraçado, mas, ao rever a foto do altar, lembrei-me de uma pergunta que queria fazer.

— Afinal de contas, o gatinho também morreu?

— Tinha escapado — respondeu ele, por fim.

— Hã?

— Tinha fugido... Voltou na manhã do dia seguinte...

— Como assim? Sério?!

Senti vontade de esganar o gato. Queria xingá-lo e dizer que, por causa dele, a família do velho havia morrido.

— E o que o senhor fez?

— O que eu fiz?

— O senhor sacrificou o gato?

— Lógico que não! — exclamou o velho. — É o gato que minha neta tanto amava.

— O senhor cuidou dele?

— Sim, durante algum tempo. Mas ele me lembrava do meu filho e da família dele, então resolvi pedir a um conhecido para cuidar do gato.

— E aí?

— Ele volta para casa de vez em quando.

— Ah, é?

— Talvez as minhas netas queiram vê-lo. Então, busco o gato uma vez por mês.

O quê?! *Como assim?!* O tal gato era o Vira-Lata? Aquele gato odioso? *Ele?*

A música tensa de filme de suspense tinha parado de tocar na minha cabeça. De repente, enxerguei as costas do velho, sentado à mesinha encolhido, em silêncio e solitário.

Quando contei a história a Etsuko, ela assentiu, reflexiva.

— Tá explicado — disse ela.

— Como assim?

— Se o Vira-Lata era mesmo o antigo gato da família do filho do proprietário, muita coisa passa a fazer sentido.

— É mesmo?

— Para o Vira-Lata, lá é a casa dele, não é? Se encontrar um gato estranho, com certeza vai miar, certo? Afinal, o outro felino estará invadindo o território dele.

— Hum... Faz sentido.

— Talvez ele ataque você por sentir o cheiro do seu apartamento.

— Nossa! Você parece aqueles detetives de série de TV policial!

Quase falei que eu seria seu parceiro de investigações.

— Você é tão engraçado — disse ela, rindo. E continuou, séria: — Acho que entendo por que Vira-Lata ficou violento daquele jeito. Deve ser difícil passar por uma experiência dessas.

— O verdadeiro gato escaldado.

Ela, sem dizer nada, me deu um tapa na cabeça. Eu estava sempre brincando, sempre fugindo de assuntos sérios.

Etsuko virou-se para Vira-Lata, que brincava com Charmy, e disse:

— Divertindo-se assim com Charmy, o Vira-Lata deve se recordar da época em que era filhote.

A estadia de Vira-Lata terminou sem incidentes, apenas com inúmeros arranhões no meu corpo.

— Acho que agora não vamos ter problemas. Vira-Lata não deve miar, mesmo sentindo o cheiro de Charmy.

Etsuko, sem perder tempo, começou a providenciar sua mudança para o meu apartamento, acompanhada de Charmy.

— Então, vou devolver Vira-Lata.

— Cuide-se.

Na hora de colocar o gato na caixa, ele arranhou de novo o dorso da minha mão. Entretanto, pensando que ele havia passado por várias dificuldades, não senti tanta raiva quanto senti no início.

No momento em que fechei a porta da caixa, Charmy começou a choramingar, seus miados agudos, como se estivesse lamentando a separação de Vira-Lata.

Miauuu, miauuuu, miauuuuu.

Etsuko e eu nos entreolhamos.

— Olha... Eu não sei nada de gatos, mas você acha que Charmy já conhece o cheiro do Vira-Lata?

— Pela reação dela... sim.

— Quando ela sentir o cheiro do Vira-Lata, o que vai fazer?

— Vai miar... como agora.

Nós dois falamos ao mesmo tempo:

— Ah, não!

De qualquer forma, não tinha como voltar atrás.

— Vamos pensar numa solução, caso o proprietário descubra. Vai dar certo, vai dar certo — disse Etsuko, mais para si mesma do que para mim.

— Talvez ela não mie. Acho que ela não vai miar. Não vai, não. Tenho certeza — falei com determinação.

Se algum adulto de verdade nos visse, provavelmente nos consideraria otimistas demais. Mas eu sabia que, se comparassem nós dois, eu seria o mais iludido, sempre vivendo em um mundo de faz de conta.

Como combinado, Etsuko e Charmy passaram a morar comigo, no meu apartamento.

No sábado, o dia em que o proprietário trazia o Vira-Lata para o prédio — ou melhor, o dia em que Vira-Lata voltava para casa —, nós ficamos em silêncio dentro do quarto, tentando escapar da checagem de animais de estimação que o velho fazia. Por sorte, Charmy estava cochilando depois de comer muito no almoço.

Senti que talvez fôssemos nos safar. Ouvi passos desritmados e vagarosos, diferentes dos passos de pessoas jovens.

Estava vindo... Chegou.

O som de passos parou.

Vira-Lata não miou.

No momento em que comemorei, Charmy miou.

Miauuu.

Afobado, joguei uma toalha de banho em cima da gata. Etsuko tentou acalmá-la, fazendo carinho nela.

Porém, Charmy continuou a fazer um escândalo. *Miau, miauuu, miauuuu.* Eram miados angustiantes, de uma gatinha abandonada em busca de seu amigo.

Miando sem parar, Charmy correu em disparada para a porta de entrada e começou a arranhá-la. *Miauuu, miauuu, miauuu, miauuu.*

Vira-Lata nada fazia. Não sabia se ele entendia a nossa situação ou se era apenas antipático. De qualquer forma, ele não miava.

MIAU, MIAUUU, MIAUUUU, MIAUUUUU!!! O choro de Charmy foi ficando mais alto e gutural. Ela arranhava a porta e berrava sem parar.

Etsuko se levantou e me olhou como se dissesse que não havia outro jeito, sorriu melancolicamente e se dirigiu à entrada.

Ela abriu a porta e lá estava o velho, com Vira-Lata no colo. Como a luz do lado de fora atingia meus olhos, não pude ver a expressão do homem. O velho, calado, colocou o gato no chão. Charmy foi correndo alegremente e se enroscou nele. Vira-Lata, por sua vez, permaneceu calado, olhando ao longe, permitindo que Charmy subisse em suas costas e se enfiasse embaixo dele.

Etsuko e eu saímos para o corredor e ficamos frente a frente com o velho.

— Desculpa... Eu tenho uma gata.

Baixei a cabeça. Estava preparado para o pior, e sentia orgulho de mim mesmo por isso.

O velho olhou duramente para mim, estudou Etsuko e, por fim, ficou olhando para Vira-Lata e Charmy, junto aos seus pés.

— Venho buscá-lo à tardinha.

— Como assim, vem buscá-lo?

— Vou deixá-lo brincar.

Como eu estava estupefato e sem palavras, Etsuko assumiu a frente da situação.

— Muitíssimo obrigada!

— Então... Ah... ter um gato... — falei, hesitante e esperançoso.

Entretanto, o velho acabou com todas as minhas expectativas.

— Continua a ser proibido ter animais no prédio. Então, você vai ter que sair.

Mordi o lábio, nervoso.

— Quando você for realmente adulto — continuou o velho —, com um trabalho fixo e dinheiro guardado, vai ter que deixar este lugar.

E foi embora. Como eu sabia que ele não se viraria, apenas fiquei observando sua silhueta se afastar, em silêncio.

O velho caminhava vagarosamente. As costas dele pareciam aumentar de tamanho e, depois, diminuir; então, aumentar e, depois, diminuir... E, enquanto o via se afastar, eu chorava...

O gato viajante

1

Naquele dia, Tigradinho pressentia que algo ruim iria acontecer. Já fazia seis anos que trabalhava como gato de aluguel, então sua intuição em relação a novos donos era aguçada.

Ele foi retirado da gaiola de vidro e colocado dentro da caixa transportadora e, depois, em cima do balcão. A porta da caixa se abriu, e ele viu a próxima pessoa que cuidaria dele durante três dias. Naquele momento, ele pressentiu o perigo.

A nova dona era uma mulher com perfume muito forte. Em seus dedos com unhas muito compridas, havia um anel gigantesco.

— Isso é um Pelo Curto Americano?

Dava para perceber o tom de decepção na voz da mulher. Com certeza ela seria problema.

Tigradinho tinha pelagem cinza-escura e preta, algo menos comum em sua raça. Comparado aos gatos cinza-claros — com listras pretas que se destacavam sobre a pelagem clara —, que eram os mais populares da raça, ele tinha listras mais discretas. Talvez tenha sido por isso que acabou não sendo adotado.

Porém, Tigradinho era um ótimo Gato com Manta. Desde filhote, ele achava que o ser humano não era grande coisa. Além disso, era extremamente inteligente e tinha uma personalidade fria e objetiva. Então, não ficava sentido na hora de se despedir dos donos temporários. Também sabia que gestos e miados agradavam aos humanos, e não se esquecia de se comportar com simpatia em relação a eles; afinal, isso fazia parte de seu trabalho.

Para os parceiros que tinham dificuldade em trabalhar como gatos de aluguel, ele dizia para não levar as coisas tão a sério.

Para ele, aquele trabalho era uma brincadeira de faz de conta. O cliente apreciava a companhia de um gato por três dias, e, durante esse tempo, o animal também usufruía da vida tranquila e cheia de mimos de um gato com dono. Era só isso. A frequente mudança de ambiente era estressante, e, quando o locatário era ruim, dava muito trabalho. Mas não dava para ter tudo na vida. O destino dos animais que sobravam nos pet shops... Ninguém tocava no assunto, mas o gato tinha noção disso.

Tigradinho achava que eles, os Gatos com Manta, eram sortudos. Então, bastava transformar a sorte em felicidade. Desde que fizesse seu trabalho, teria comida e abrigo, e isso já era suficiente. Não se devia esperar demais — nem dos humanos, nem de si próprio, que vivia pra lá e pra cá, ao bel-prazer das pessoas.

— Não tem algum gato de outra cor, não? — reclamou a mulher, mastigando chiclete.

No mês anterior, um gato que havia comido por engano um chiclete ficara com uma constipação terrível.

Essa dona temporária parecia mau sinal. Tigradinho sentiu que não seria bem tratado. Imaginava que ela poderia colocar leite na ração seca, dar um banho nele e usar um secador quente, numa distância muito próxima, para secá-lo...

Até havia outro Pelo Curto Americano, com pelagem cinza-clara, mas ele estava resfriado desde a semana anterior. O gerente da loja não iria alugar o gato desse jeito e, com uma locatária dessas, poderia acontecer algo terrível. Tigradinho achou que era melhor ir com ela, assim ela não levaria seu colega que ainda se recuperava.

Suspirando, Tigradinho ergueu o rosto e olhou para a mulher. Felizmente, ela bloqueava a luz, evitando que os olhos do gato fossem ofuscados. Ele sabia que os humanos gostavam mais dos gatos com pupilas dilatadas no escuro do que quando elas ficavam afinadas na claridade.

Ele levantou o rabo e se esfregou na mulher. Experimentou miar de leve também.

— Ah, que isso?! Ele já se apegou a mim! — exclamou a mulher, rindo.

— Ele se apega às pessoas mesmo — disse o gerente, sem perder tempo.

A mulher assentiu várias vezes com a cabeça.

— Entendo.

— Bem, então, como ele já está bem apegado à senhora...

O gerente tinha uma expressão preocupada no rosto. Tigradinho deu um miado, como se dissesse que estava bem. A mulher, então, entregou o contrato assinado.

— Cuide bem dele — pediu o gerente.

Esquivando-se da mão da mulher, Tigradinho pulou dentro da caixa transportadora.

— Nossa, ele sabe entrar sozinho! Que maravilha!

— Ele é muito inteligente.

De fato, Tigradinho era o mais esperto dos Gatos com Manta. Então, de vez em quando, ele se perguntava a razão de ter vindo ao mundo. Ao mesmo tempo que se comportava fria e convenientemente, indagava aquilo a si mesmo, como se uma sombra o perpassasse.

A pergunta não era algo voluntário. Ouvia uma voz no fundo de sua mente, vinda de um lugar muito profundo — talvez da alma ou do corpo.

Essa voz desconhecida perguntava se ele conseguiria continuar assim, levando uma vida sem graça e monótona. Também dizia: *Não esqueça. Não se esqueça da sua missão...*

Tigradinho sabia que aquela voz não estava se referindo à falsa simpatia que ele dirigia aos seus donos temporários.

Os 6 anos do gato correspondiam a 40 anos de um ser humano. Ele estava, então, na meia-idade. Estava numa fase de reflexão sobre o caminho que havia traçado no percurso da vida.

Raramente as pessoas ficavam orgulhosas de si mesmas e felizes ao continuar no mesmo caminho. Geralmente, elas faziam isso sem muito entusiasmo. Existiam ainda aquelas que, ao olharem para trás, ficavam cabisbaixas, sem conseguir seguir em frente. Era o que chamavam de crise da meia-idade. Parecia que Tigradinho estava passando por aquilo.

A mulher saiu do pet shop, colocou a caixa no banco do carona do carro e partiu. Na caixa, havia um lugar para passar o cinto de segurança, mas, para uma mulher que nem usava o próprio cinto, aquilo estava fora de cogitação.

A caixa chacoalhava sem parar. O som grave que saía dos alto-falantes a sacudia. Além disso, o sibilar do vento ecoava com força no seu interior, fazendo o gato imaginar que o vidro da janela estivesse um pouco aberto.

Tigradinho esfregou o rosto na manta, fechou os olhos e aguentou firme. Ele tinha muita paciência e resistência física, características importantes para um Gato com Manta. Era considerado o melhor entre eles. Desde que convencesse a si mesmo de que era o certo a se fazer, aguentava muitas situações. Não se importava se o ambiente era quente ou frio, comia direitinho, fazia suas necessidades e dormia bem. Nunca adoeceu, curava-se rapidamente de feridas e, quando era jovem, era forte até para brigar.

— Você deve ser muito mimado pelos locatários. Afinal, é um gato — dizia o gerente de vez em quando a Tigradinho.

Até pouco tempo, ele mesmo acreditava que, sendo um gato, as pessoas sempre o mimariam. Não tinha como ser diferente.

No entanto, Tigradinho havia mudado de opinião. Ultimamente, lhe vinha à mente uma memória de um passado longínquo, guardada nas profundezas de seu ser.

Naquela memória, ele estava sendo balançado como no carro; na verdade, era mais forte, a ponto de não conseguir ficar agachado com as patas dianteiras sob o corpo. O local era fedorento. Tinha um cheiro de ferrugem, mofo e poeira...

Além de um cheiro que não conseguia identificar, meio ácido e desconcertante...

Ele sabia que aquele cheiro era perigoso. Sabia que corria risco. Ao mesmo tempo, o cheiro era nostálgico.

O carro foi subindo uma estrada íngreme. No topo, diminuiu um pouco a velocidade e, já na autoestrada, acelerou. Tigradinho, jogado no canto da caixa por conta das sacudidas, de saco cheio, suspirou. Segundo as instruções do pet shop, a pessoa não deveria deixar o gato mais de meia hora dentro da caixa. Caso fosse necessário, a cada meia hora deveria fazer uma pausa de cinco minutos. Porém, a mulher parecia ignorar todas as recomendações do gerente, como não usar a autoestrada para evitar causar estresse ao gato.

Tigradinho se aconchegou na manta e fechou os olhos novamente. Ele sabia que não tinha o que fazer. Comparado à época em que era jovem, cheio de energia, Tigradinho sentia que, aos 6 anos, cochilava bem mais. Imaginou que aquilo apenas se intensificaria com o passar dos anos.

Isso o agradava, porque gostava mais de cochilar do que de dormir profundamente. Ele percebeu isso quando chegou à meia-idade felina.

Sentia que era errado dormir profundamente numa cama quentinha. O certo era ficar alerta para que pudesse estar atento ao menor ruído ou indício de aproximação de alguém. Tigradinho sentia que ultimamente havia relaxado demais e dizia a si mesmo que não deveria fazer isso.

Você deve estar sempre alerta.

Ouviu aquela voz novamente.

Já esqueceu quem você realmente é?

A voz ecoava em sua mente, como se o repreendesse.

Mas quem eu realmente sou...?, pensava Tigradinho.

Com um cantar de pneus, o carro mudou de faixa bruscamente e fez uma curva enorme. Com o solavanco, a portinha da caixa se abriu. A mulher, descuidada, havia se esquecido de trancá-la.

A portinha logo se fechou, mas, antes, entrou uma brisa junto com um raio de sol da tarde. Tigradinho sentiu um cheiro nostálgico, que não conseguia se lembrar de onde conhecia.

O carro parou.

— Que sede — disse a mulher, saindo do carro sozinha.

No kit entregue pelo pet shop, havia comida e areia para o gato, mas a mulher nem sequer olhou para os itens e se afastou do carro. Tigradinho já estava cansado. Sentiu que, se continuasse assim, correria risco de vida.

Ele empurrou cautelosamente a portinha da caixa com a cabeça. De início, apenas colocou o focinho para fora, e, depois de conferir que estava seguro, pulou da caixa. Depois de se espreguiçar, enquanto se lambia, sentiu novamente aquele cheiro nostálgico.

Assim que olhou para fora do carro, Tigradinho finalmente descobriu de onde conhecia aquele cheiro. Era o mar. O carro estava em um estacionamento à beira-mar, e o cheiro que sentia era de maresia.

Quando era jovem, alguns clientes haviam levado o gato à praia, mas ultimamente isso não vinha acontecendo mais. Ele havia sentido aquele cheiro, mas tinha se esquecido. Afinal, quando era mais jovem, não via por que guardá-lo na memória. Assim como os dias de Gato com Manta passavam monotonamente, o cheiro de maresia também o tinha atingido e passado despercebido.

Porém, dessa vez era diferente. Como se algo o puxasse, Tigradinho passou para o assento do motorista e aproximou o nariz da fresta da janela. Respirou fundo. O cheiro de mar encheu seus pulmões.

Ele lembrou. Ouviu uma voz dentro de si.

Nós viemos numa viagem muito longa, do outro lado do oceano. Não esqueça. Nós viemos como guardiões dos viajantes que atravessaram o mar. Lembre-se. Nós peregrinamos rumo ao oeste, em meio a campos áridos. Caminhamos lado a lado com os viajantes ainda crianças, escalamos montanhas, atravessamos rios, enfrentamos tempestades de areia e acampamos à noite à beira de lagoas. Você é nosso descendente.

Tigradinho sentiu o coração acelerar e ficou irrequieto. O sentimento era diferente, mas também um tanto parecido com aquela emoção que sentia quando jovem, época em que adorava fazer travessuras e sair em aventuras. Antigamente, adorava descobrir novos mundos. Mas, dessa vez, era diferente. Tinha que fazer o caminho inverso e retornar para o lugar a que pertencia.

A mulher voltou segurando uma lata de refrigerante. Tigradinho se escondeu embaixo do assento do motorista. A porta se abriu, e o cheiro de maresia atingiu o gato com ainda mais força.

— Ei! Ai, ai! O que é isso?!

Ouvindo o grito da mulher, virada de costas, Tigradinho saiu correndo, em fuga.

E, assim, o Gato com Manta de meia-idade embarcou em uma viagem em busca de seu verdadeiro eu.

2

Depois de se afastar o suficiente do carro, Tigradinho parou. Aguçou o olfato e olhou ao redor. Então, avistou um caminhão em que o motorista havia entrado momentos antes. A carroceria não era um baú, e tinha lonas em volta das vigas, com uma fresta na parte de trás.

Ele pulou no caminhão, que se sacudia com o motor ligado. Como não alcançava o compartimento de carga com um único pulo, diferentemente da época que era jovem, agarrou-se ao estepe logo acima da placa e foi escalando a lateral da carroceria. Assim que chegou ao compartimento de carga, o veículo entrou em movimento.

Como estava coberto com a lona, o compartimento estava escuro. O caminhão transportava caixas de papelão, mas não estava tão cheio a ponto de não haver como se esconder ali.

Tigradinho esperou que o automóvel chegasse à via principal da autoestrada e se estabilizasse e foi andando para o fundo do compartimento de carga. Logo um feixe de luz passou em sua frente.

Ele parou e, sem fazer barulho, olhou ao redor. A luz vinha do outro lado das caixas de papelão. De início, pensou que as caixas estavam empilhadas até o fundo do compartimento, mas pelo jeito havia uma fresta.

O gato se abaixou o máximo possível e andou vagarosamente em direção ao fundo. Seus bigodes ficaram esticados e seu rabo se eriçou. Sentiu-se alerta, de um jeito que não ficava havia muito tempo. Na verdade, a recordação emanava de um lugar além das profundezas da memória de Tigradinho. Era uma memória que antecedia seu nascimento... Muito, muito antiga...

Antes de chegar ao fundo, havia um espaço amplo. Não parecia estar ali por acaso. Tinha sido criado de propósito, como uma rota de fuga.

Ele achou isso estranho e foi andando por esse caminho, ainda mais abaixado, quase rastejando. Entre as caixas empilhadas, viam-se raios de luz numa altura baixa demais para ser uma luminária. Sua intensidade era baixa, e balançava em um ritmo diferente do chacoalhar do caminhão.

Logo o gato atravessou a passagem. Antes mesmo de enxergar, seus bigodes detectaram que o espaço era amplo. Nesse momento, a luz recaiu sobre Tigradinho. Atordoado, ele captou a voz de uma humana, bem jovem.

— É um gatinho!

Tigradinho correu, batendo em retirada, e se escondeu em uma fresta pela qual nenhum ser humano passaria.

— Olha, é um gatinho! Um gatinho!

— Psssiu! Não faça barulho, Emi.

Dessa vez, ouviu-se a voz de um menino.

— Mas, maninho, era um gato...

— Eu sei. Eu também vi.

— Por que tem um gato aqui?

— Não sei.

— Será que subiu enquanto estávamos parados no estacionamento?

— Como vou saber?

A menina, Emi, falava animada, como se estivesse brincando em um parquinho, já o menino tinha um tom áspero, rude. A menina, segurando uma lanterna, imitava miados e chamava Tigradinho.

— Miauuu, miauuu. Cadê você? Onde se escondeu? Miauuu, miauuu. Aparece! Miauuuu!

Tigradinho sentiu que a menina era uma pessoa de boa índole. Depois de trabalhar tanto tempo como gato de aluguel, havia aprendido a identificar as intenções de uma pessoa. Já havia ouvido várias vezes aquele chamado carinhoso das pessoas, e sabia distinguir se era genuíno ou não.

Estava tranquilo. A voz era sincera, pertencente a uma pessoa amigável. Pelo modo de falar, parecia estar no primeiro ano do ensino fundamental, ou talvez fosse mais nova.

— Emi, cale a boca!

— Mas...

— Quer que encontrem você?! Se encontrarem, eu não vou fazer nada para ajudar você!

O irmão mais velho estava sempre zangado. Aparentava estar frequentando o quinto ou sexto ano do ensino fundamental. O menino estava falando bem mais alto do que a menina! Tigradinho deu uma risadinha, achando o ser humano tolo.

Mas também sentiu que a voz do menino continha algo além da raiva. Era a voz de um líder que carregava uma dura responsabilidade — proteger a irmã mais nova. E tanto a voz tensa do menino quanto a voz inocente da menina remetiam a uma memória intangível.

Tigradinho subiu o paredão de caixas, usando os apoios que haviam surgido aqui e ali com o deslocamento das caixas. Espiando do alto, ao lado dos irmãos havia um espaço vazio, onde duas crianças poderiam se acomodar tranquilamente. No canto, havia duas mochilas jogadas no chão, como se estivessem se apoiando uma na outra.

Lembre-se!

A voz de sempre ecoou em sua mente.

Nosso lugar é ao lado de viajantes.

Você é nosso descendente!

Instigado por aquela voz, Tigradinho pulou do topo das caixas de papelão e aterrissou no chão.

Ele já não tinha tanta elasticidade quanto na época em que era jovem. Atualmente, ele até evitava pular do topo da torre para gatos. Mesmo assim, ele havia pulado de cima das caixas, virando o corpo no ar. As almofadinhas das patas já meio envelhecidas se esforçaram para absorver o impacto da aterrissagem.

— Nossa! Você viu isso, maninho? Olha, o gato voltou! Em grande estilo! — exclamou Emi, alegre.

Já fazia muito tempo desde a última vez que Tigradinho havia ficado acanhado por ser elogiado por alguma coisa que tinha feito.

Emi passou a mão pelas costas do gato. Ela o acariciava com receio, como alguém que nunca havia cuidado de um gato. Mas a voz dela, repetindo "gatinho, gatinho...", era como uma canção, tão meiga e calorosa que o gato sentia ter reencontrado uma amiga de infância.

Talvez ela tenha estado solitária ou com medo. Tigradinho sabia que aquelas duas crianças não estavam brincando de esconde-esconde. Provavelmente tinham fugido de casa.

Mas por quê?

Tigradinho soltou um miado baixo e se afastou de Emi. Depois, se aproximou do irmão dela, que estava recostado em uma caixa de papelão, e esfregou o rosto nos pés do garoto. O menino estava com roupas leves e simples — shorts, meias e tênis. Ainda cheirava a sabonete, o que significava que fazia pouco que tinham saído de casa.

— Sai fora! — resmungou o menino, roendo nervosamente as unhas.

Na mochila, via-se o nome no crachá: SATORU. Pensativo, Satoru mirava ao longe. No lado de seu rosto mergulhado na escuridão, Tigradinho viu insegurança e arrependimento.

— Sai pra lá... Está me atrapalhando.

Satoru mudou os pés de lugar e ficou de costas para Tigradinho e Emi. Mas, por instinto, o gato permaneceu aos pés do menino. Ele não sabia por que se comportava daquele jeito. Tigradinho sentiu que não era ele mesmo, apesar de ser sua própria carne e sua própria alma.

— Satoru, qual é a raça desse gatinho?

O menino, depois de analisar Tigradinho, respondeu:

— É um Pelo Curto Americano.

— Ele é estadunidense?

— Originalmente, sim.

Tigradinho ficou admirado. Satoru, ao contrário do que aparentava, devia gostar de gatos, já que acertou a raça de Tigradinho só de ver sua discreta pelagem cinza-escura com listras pretas.

— Ah, mas a raça original não é dos Estados Unidos — disse Satoru.

— É mesmo?

Se pudesse falar a linguagem dos humanos, Tigradinho teria feito a mesma pergunta.

— Ela surgiu na Grã-Bretanha.

Era a primeira vez que Tigradinho ouvia falar daquilo. Ele lembrou que o enorme gato reprodutor do pet shop, com cara de mandão, chamado Churchill, era da raça Pelo Curto Inglês. *Isso queria dizer que Tigradinho era parente daquele gato sexualmente vigoroso que trocava toda hora de parceiras da raça Scottish Fold?*

— Como é que pode ser estadunidense, se é inglês? — perguntou Emi, surpresa.

— Os Estados Unidos foram colonizados pelos ingleses — explicou Satoru. — Eles embarcaram em um navio, atravessaram o Oceano Atlântico e se estabeleceram lá.

— É mesmo? — indagou Emi.

Tigradinho miou, fazendo coro à menina.

— Os gatos que foram levados para os Estados Unidos eram ancestrais do Pelo Curto Americano.

— Eram gatos de estimação?

— Mais do que isso: eram companheiros. Eles caçavam os ratos do navio e, mesmo depois de chegar ao continente, protegiam os humanos de cobras, aranhas e outros animais perigosos.

— Que legal!

Emi arregalou os olhos, espantada. As bochechas de Tigradinho se estufaram de surpresa.

De repente, o gato se lembrou... Aquele cheiro no fundo de sua memória era o da maresia do Oceano Atlântico. Aquele som que vinha do fundo de seu ser eram as vozes de seus antepassados, que atravessaram os mares naquele navio inglês.

Isso mesmo, ouviu as vozes. *Nós somos companheiros dos viajantes. Somos os gatos que trilharam novos caminhos, junto com o povo colonizador. Essas quatro patas robustas, queixo largo, pescoço grosso, cabeça grande, peito largo e personalidade destemida... tudo isso foi cultivado na natureza e forjado nas ruas de vilarejos colonos. Você é nosso descendente.*

— Você é o máximo, gatinho.

Emi se agachou diante de Tigradinho e acariciou suas costas. Quando Tigradinho esticou o pescoço, indicando que ali era o melhor ponto para acariciar, Satoru se juntou à irmã, fazendo carinho embaixo do queixo do gato.

Tigradinho percebeu que o menino sabia o que estava fazendo. Parecia que ele já havia cuidado de um gato, mas a menina, não... *Mas como era possível, se os dois eram irmãos?*

Havia muitos questionamentos em sua cabeça.

Ignorando aquilo, Tigradinho fechou os olhos e ronronou, com Satoru acariciando debaixo de seu queixo e Emi alisando suas costas.

— Olha, Satoru, ele está contente.

— Está mesmo...

— Que gatinho lindo — falou Emi alegremente.

De repente, Satoru afastou a mão de Tigradinho.

— Gato... não tem graça nenhuma — disse ele, virando-se para o lado. — Na próxima parada, vou jogar ele do caminhão.

— Coitadinho! Por que você vai fazer isso?

— Ele entrou porque quis.

— Mas...

— Detesto gatos. Eles são egoístas, arranham, deixam pelos, fazem xixi... E o cocô fede, é horrível.

Tigradinho ouviu aquilo, mas estranhamente não se sentiu zangado, porque sabia da tristeza escondida por trás das duras palavras de Satoru.

— Não jogue ele do caminhão — disse Emi, quase implorando.

— Ele só vai atrapalhar a gente.

— Mas não faz isso... — insistiu ela, a voz vacilando, e a mão parando de acariciar o gato. — Se a gente abandonar o coitadinho, ele vai ficar igual à gente...

— Não! Isso é completamente diferente! — gritou Satoru, de costas para Emi.

Tigradinho achou a voz dos dois triste.

Ele já havia sido alugado por inúmeras famílias, inclusive em situação similar à daquelas crianças. Mas aquela foi a primeira vez que ouviu vozes tão tristonhas.

— Nós é que deixamos eles — disse Satoru, encarando a escuridão, como se falasse consigo mesmo. — Emi e eu é que abandonamos aquela mulher.

Aquela mulher? Isso era novidade.

Emi nada falou, acariciando as costas de Tigradinho. As mãos minúsculas iam e vinham, deslizando pelas suas costas.

Depois de um longo silêncio, Satoru disse:

— Desculpa... Não vou jogar o gato fora.

Como Satoru estava virado para o outro lado, não podia ver sua expressão. Porém, Tigradinho ainda assim percebeu o tom choroso do menino.

3

O caminhão continuou a correr pela autoestrada.

Tigradinho pulou para o colo de Emi. Geralmente, mesmo em serviço, o gato chegava a trabalhar bastante, além do necessário.

— Esse gato está acostumado com as pessoas — comentou Satoru, de repente menos antipático.

— Será que alguém abandonou ele?

— Deve ter fugido.

— Você acha?

— Sim. Com certeza. Esse carinha não está com medo nem triste.

O gato achou o menino bastante esperto. Mesmo não gostando de ter sido chamado de “esse carinha”, considerou isso um elogio e o perdoou.

— Os gatos da raça Pelo Curto Americano têm temperamento forte. São gatos vigorosos e podem viver sozinhos tranquilamente.

— E a Marrom, como era?

— Marrom era vira-lata... e bastante dengosa.

— Ela pedia carinho para a mamãe?

— Pedia para todo mundo.

— Será que ela pediria para mim também?

— Lógico. Ela vivia dizendo: "Quero comida, quero comida!"

— Que engraçado! Eu queria ter conhecido ela... — murmurou Emi.

— Não tinha o que fazer. Quando eu nasci, ela já era velhinha.

— Mamãe podia ter adotado outro gato.

— Ela disse que ter outro gato a faria lembrar da Marrom e a deixaria triste.

Ah, então é por isso que apenas Satoru entende de gatos, pensou Tigradinho. *A família teve uma gata antes de Emi nascer, e parecia que a amavam muito.*

— Será que ela está triste?

— Por causa da Marrom?

— Não... Por causa de mim e de você. Será que ela fica pensando na gente lá na casa nova e fica triste?

Casa nova? Tigradinho não estava entendendo nada.

— Hein?

O menino não respondeu à pergunta, nem com a insistência de Emi.

— Emi...

— Que foi?

— Vamos lanchar.

Satoru pegou a mochila e tirou um pacote de salgadinhos de dentro dela.

— Pode dar para o gatinho também? — perguntou Emi, empolgada.

Era evidente que a menina só estava tentando mudar de assunto e esquecer a conversa sobre a mãe. Ao pegar o petisco com o irmão, a menina evitou encará-lo.

— Toma, gatinho.

Emi estendeu os salgadinhos na palma da mão.

Geralmente eu não como essas coisas, disse Tigradinho, *mas vou abrir uma exceção*. Assim, aproximou o rosto da mão dela. Porém, suas palavras foram ouvidas pelas crianças apenas como um miado contente.

Tigradinho lambeu e pegou com a língua um dos salgadinhos em formato de peixe. Não era crocante e sequer tinha recheio. O gato ficou desapontado, mas, já que estava com a cara perto da mão da garota, resolveu lambê-la.

— Ai, ai, faz cócegas! Para com isso! — exclamou Emi, rindo e recolhendo a mão. Seu rosto sorridente ora ficava iluminado, ora mergulhado na escuridão. A pilha da lanterna estava acabando.

— Emi, vou desligar a lanterna.

— Como assim? Vai ficar escuro. Eu tenho medo!

— Não tem o que fazer. Não dá pra ficar sem lanterna.

— Não, não, não, não. Eu tenho medo! Não desliga a luz, Satoru!

— Que droga. Será que as pilhas eram velhas? Aquela mulher é mesmo um lixo...

Aquela mulher? Tigradinho se perguntou se o garoto falava da mesma pessoa de antes.

— Não precisa ficar com medo. Relaxa, seu maninho está aqui. Vou ficar segurando sua mão.

Satoru segurou a mão de Emi. Como ele puxou o braço dela com força, Emi perdeu o equilíbrio e quase caiu de lado.

O próprio Tigradinho, que estava no colo dela, teve que se virar para não cair no chão.

Tigradinho não sabia por que não pulava do colo de Emi, que era minúsculo. Mas instintivamente sentiu que ele não deveria descer dali, e prometeu não se afastar dela.

Isso!, o gato escutou em sua mente a voz de seus ancestrais. *Devemos estar sempre ao lado de nossos jovens viajantes e companheiros, cuidando deles e protegendo-os. Essa é a nossa missão.*

Satoru desligou a lanterna. O compartimento de carga mergulhou na escuridão, e o gato sentiu que Emi apertava com força a mão de Satoru. Embora para os humanos isso significasse trevas, Tigradinho olhou o ambiente escuro e pensou que esse era o verdadeiro mundo dos gatos.

Ele mexeu os bigodes, esticou as orelhas e eriçou os pelos do rabo.

Se aparecer algum sujeito querendo machucar Emi ou Satoru, eu vou enfrentá-lo.

Ele sibilou baixinho, eriçando todos os pelos do corpo.

Minhas unhas e presas são feitas para lutar.

Minha coragem existe para proteger os viajantes.

Eu sou descendente dos gatos que atravessaram o oceano e viajaram por campos áridos...

O colo de Emi, que estava tensa até pouco tempo antes, foi relaxando à medida que seus olhos foram se acostumando à escuridão.

— Até que está bastante claro, Satoru.

— Viu? — falou Satoru, orgulhoso. Parecendo aliviado, acrescentou, rindo: — Eu não disse?

De fato, a claridade do lado de fora atravessava a lona que cobria o compartimento de carga, e podia-se ver o contorno da parede formada por caixas de papelão. Para Tigradinho, essa claridade era suficiente para ver tudo ao seu redor. Logo o gato percebeu que não havia nada que os ameaçasse.

— Quero ficar com esse gatinho — disse Emi, acariciando embaixo do queixo de Tigradinho, como se estivesse arranhando de leve, imitando o irmão.

O gato ronronou, como se dissesse que adorava carinhos ali.

Satoru suspirou profundamente e disse:

— Não dá. Aquela mulher não gosta de gatos.

E novamente o garoto se referia a "aquela mulher".

— É mesmo?

— Com certeza não...

— Mas, uns dias atrás, quando nossa nova mãe viu um gatinho num comercial de televisão, disse que ele era bonitinho.

Nova mãe?

— Já falei para não chamar ela assim! — falou Satoru, zangado.

— Desculpa... É "mamãe", não é?

— Não! — gritou o menino, com raiva, e estalou a língua. — A mamãe é uma só!

— Mas... se não chamar ela de "mamãe", o papai briga...

— E daí? Ela não é nossa mãe. Aquela mulher só quer roubar o lugar da mamãe — disse ele. — Quem deu à luz nós dois foi a mamãe, não aquela mulher. Ninguém pode substituir a nossa mãe.

Finalmente estava começando a fazer sentido, mas Tigradinho ainda precisava processar tudo aquilo.

Aproveitando que Emi havia parado de acariciá-lo, Tigradinho saiu do colo dela de mansinho e foi subindo habilmente pela parede de caixas de papelão. No topo, ele começou a se lamber enquanto refletia, pois sentia que local alto era adequado para organizar seus pensamentos.

A tal da mulher mencionada por Satoru foi tomando forma na mente de Tigradinho, e aos poucos entendeu por que as duas crianças estavam ali, no compartimento de carga daquele caminhão.

Tigradinho achava os seres humanos muito complexos. No mundo dos gatos, havia aqueles que mamavam na pontinha da manta, além dos gatos crescidos que tentavam mamar em gatas mais velhas, mas ele sentiu que esses comportamentos eram um tanto diferentes do apego dos humanos em relação à "mãe".

Ele não se lembrava mais da própria mãe. Parecia que tinha alguns irmãos, mas já havia se esquecido disso também. Tigradinho tinha cerca de três meses quando se mudou da gaiola do gatil para a vitrine do pet shop. O gerente e os demais funcionários cuidaram dele, mas eles eram bem diferentes da mãe dele. O gato tinha ficado sobrando na loja, então virou gato de aluguel e vivia pra lá e pra cá com sua manta...

Tigradinho não tinha intenção de chamar de "mamãe" aquelas inúmeras clientes que o alugaram. Jamais. Ele queria saber a linguagem dos humanos para dizer: "Ei, crianças, escutem. Estamos sós neste mundo. Vivemos sozinhos. Se compararmos nossa vida a uma viagem, seria uma bem solitária. Mesmo pais, filhos, cônjuges ou amigos do peito eventualmente se separam. Então, essa discussão de 'mamãe' verdadeira ou falsa, nova ou velha não faz sentido. Sim, até mesmo vocês, que agora estão de mãos dadas, um dia vão se separar..."

Tigradinho pestanejou. Começou a lamber as patas dianteiras, tentando se acalmar.

Não sabia o que estava acontecendo. De repente, sentiu uma tristeza tomar conta dele. O peito se apertou e suas orelhas baixaram.

Naquele momento, o caminhão diminuiu a velocidade bruscamente. Antes de Tigradinho entender por que, o veículo fez várias curvas e então parou. E logo em seguida entrou em movimento novamente.

— Saiu da autoestrada... — murmurou Satoru.

— Chegamos? Chegamos à casa da mamãe?

Sem responder à pergunta da irmã, Satoru ligou a lanterna.

— Emi, coloca a mochila nas costas.

— O quê?

— Quando o caminhão parar no semáforo... nós vamos descer.

O menino, meio agachado, já carregava a mochila.

Satoru levantou a lona no canto da carroceria e espiou lá fora.

— Dá para ver alguma coisa? Onde estamos?

Tigradinho estava ao pé de Emi, que espiava por cima do ombro do irmão. Satoru não tinha dito nada sobre levar o gato junto. O próprio Tigradinho não sabia o que faria naquele momento. No entanto, ao ver a paisagem que se estendia à sua frente, pelas frestas da lona erguida por Satoru, pensou: *É isso!* Ele havia visto uma área aterrada. O terreno vazio era iluminado pelo sol da tarde, que estava se pondo. No campo que se estendia até onde os olhos do gato alcançavam, onde a vegetação crescia livremente, havia apenas algumas poucas construções, alguns armazéns aqui e depósitos ali.

Nós andamos por lugares assim há muito tempo.

A palavra "nós", em vez de "eu", vinha com naturalidade.

Nós sempre estivemos ao lado de viajantes que atravessavam campos áridos...

Dessa vez, a voz que Tigradinho ouvia era a própria.

O caminhão parou.

— É o semáforo?

Satoru ignorou a pergunta de Emi.

— Shhhh! — sibilou o garoto, com o dedo sobre os lábios.

Ele se encolheu e prendeu a respiração. O caminhão não havia parado no semáforo, mas sim por causa do motorista, que anunciava sua vontade de fazer xixi. Ele foi para a beira da estrada e baixou o zíper da calça.

O menino virou-se para a irmã.

— Vamos descer.

— Aqui?

— Se chegar à cidade, alguém pode acabar pegando a gente.

— Mas...

— Não se preocupe. Eu vou descer primeiro.

Satoru apoiou habilmente as mãos e os pés na parte traseira da caçamba e desceu. O motorista, que urinava assobiando, parecia não ter escutado nada. O vento forte que balançava a lona, fazendo um barulho alto, também ajudou a camuflar o movimento.

— Desce, Emi. É a sua vez.

— Estou com medo.

— Está tudo bem. Eu seguro você.

Satoru abriu os braços para amparar Emi. Mas a menina, depois de colocar apenas uma das pernas para fora da carroceria, acabou ficando paralisada. Por mais que Satoru a apressasse, ela só balançava a cabeça, negando.

— Não consigo — disse ela e começou a chorar.

O assobio do motorista parou, indicando que ele havia terminado de urinar. Eles não tinham mais tempo.

— Depressa! Depressa! Depressa! Seu maninho está aqui, vai dar tudo certo! Pula logo! — exclamou Satoru, com uma expressão apavorada.

De repente, Tigradinho ficou de pé sobre as patas traseiras. Esticou uma das patas dianteiras e arranhou a mochila que a menina carregava nas costas. No momento em que Emi se virou, Tigradinho pulou na mochila e enfiou as unhas no tecido. Satoru devia ter entendido o que o gato estava fazendo, pois sinalizou para que a irmã tirasse a mochila.

— Vai ser mais fácil de descer sem ela.

Quando Emi largou a mochila, Tigradinho a pegou, mordendo pela alça, e pensou: *Para mim, é fácil carregar essa mochila pesada. Minhas mandíbulas são mais fortes do que a de qualquer outro gato. Meus ancestrais caçavam ratos e coelhos, levando as presas para casa.*

Tigradinho apoiou as patas dianteiras na beira da carroceria e jogou a mochila para Satoru. Ele, que estava boquiaberto com o gato, apanhou a mochila e sorriu, como se agradecesse.

Tigradinho ficou contente, contemplando a aventura que seria acompanhar aqueles jovens viajantes. Servir a alguém e não só ser mimado. Um gato trabalhador. Ele entendeu o seu real papel no mundo. Havia passado muito tempo desde a época em que seus ancestrais viveram e lutaram, mas, no sangue de Pelo Curto Americano que corria em suas veias, também corriam o suor e as lágrimas da época em que desbravavam o Novo Mundo.

Entretanto... O gato sentiu que não tinha tempo para refletir demais, pois o caminhão balançou. O motorista havia voltado. Ouviu-se a porta do lado do motorista abrir e depois fechar. O motor permanecia ligado. Se o motorista partisse naquele momento, os irmãos seriam separados.

Tigradinho olhou fixamente para a menina. O fato de não poder falar a linguagem dos humanos o deixou bastante aflito. Mesmo assim, ele acreditava que, às vezes, os seres humanos podiam compreender os gatos.

Olha, Emi! É assim que se faz!

Para Tigradinho, era uma altura insignificante, da qual poderia pular com leveza até o chão. Ainda que não pulasse, e sim mergulhasse de cabeça em direção ao chão, era uma queda bastante tranquila.

Porém, o gato, de propósito, colocou primeiro a pata traseira no chão, como se agarrasse a carroceria com as patas dianteiras. Estava mostrando a Emi como fazer.

Vendo o gato, Emi assentiu, inclinando a cabeça, e se virou de costas como o gato havia feito. Ela foi descendo as pernas com cautela, colocando as pontas dos pés na saliência externa do compartimento de carga. Do chão, Tigradinho ficou torcendo por ela, decidindo ficar entre o chão e a menina caso ela caísse, se Satoru não conseguisse pegá-la, lógico.

Tigradinho desejou ser um pouco maior para poder apará-la melhor, mas não era hora de se lamentar.

Se esse fosse o meu destino, eu ficaria contente. Ficaria feliz de aparar sua queda e lhe poupar de ferimentos, mesmo que eu acabasse esmagado por ela. Mas vou ficar bem! Tenho ossos fortes e músculos robustos exatamente para isso. Meus pelos macios e fartos existem para essas ocasiões. Tenho ossos resistentes. O peixe seco que como desde filhote foi para me preparar para este dia...

Vagarosamente, o corpo de Emi foi se aproximando do chão.

— Você está indo muito bem — murmurava Satoru para a irmã.

O caminhão sacudiu novamente e se ouviu o barulho do freio de mão.

Falta pouco. Só mais um tiquinho. Vamos lá! Vamos lá, Emi! Rápido, mas com cuidado.

Na hora em que Emi soltou a carroceria, o caminhão entrou em movimento. Satoru segurou a irmã nos braços.

4

Dois irmãos e um gato caminhavam pela terra árida do aterro. No início, eles andavam com vigor... Mas, com o passar do tempo, seus passos ficaram cada vez mais pesados.

A estrada em que estavam era uma ramificação da autoestrada, e se estendia ao longe. Faltava muito até chegarem à cidade, muito mais do que imaginavam depois de vê-la a distância.

O céu já anunciava a noite e, se não chegassem até o anoitecer, teriam que dormir ao relento. Tigradinho reparou nas mochilas que Emi e Satoru carregavam. Não traziam uma barraca, nem sequer um saco de dormir. Mas o gato também não conseguia imaginar o que carregavam, além do salgadinho que comeram...

Tigradinho encarou o chão, pensativo. *Estamos numa enrascada.* Baixou o rabo, pensando nos insetos ou até mesmo ratos que habitavam aquele matagal, e como as crianças provavelmente não ficariam contentes se ele lhes caçasse algum rato.

Emi, que não conseguia acompanhar o ritmo havia algum tempo, chamou o irmão, aos choramingos, reclamando que seus pés doíam.

— Aguente firme. Falta pouco.

— Não consigo mais andar. Estou cansada.

— Não diga isso.

— Mas...

Emi se agarrou à grade de proteção da estrada e se acocorou. Por mais que Satoru encorajasse a irmã, ela só balançava a cabeça, sem sair do lugar.

Tigradinho também se sentia exausto e não se lembrava de ter caminhado tanto na vida. Para o gato, essa provavelmente foi a primeira vez que percorreu uma distância tão longa assim.

— Vou deixar você aqui!

Satoru recomeçou a caminhar, fazendo beiço. Emi estava aos prantos.

A distância entre os irmãos aumentava.

Tigradinho foi correndo em direção a Satoru, parou e deu meia-volta. Retornou para Emi, e ficou correndo entre os dois, sem saber o que fazer. Nunca tinha acontecido algo assim. Tigradinho, que sempre agiu com frieza e objetividade, estava com o coração acelerado e não sabia como agir. Sabia que precisava fazer algo para ajudar as crianças, mas não sabia o quê, e sentia-se totalmente perdido.

— Maninho... Espera por mim! Não me deixa sozinha!

Sozinha.

Tigradinho sempre viveu sozinho e pensou:

Eu sempre achei que todos os seres que vivem neste mundo, tanto os humanos quanto os gatos, no fim das contas, estão sozinhos no mundo, abandonados à própria sorte.

Entretanto, finalmente entendi. Quando se diz "sozinho", não há só um significado. Estar "sozinho" pode ser alguém que quer companhia, mas acaba isolado. Emi vai traçar sua vida "sozinha", por conta própria, mas não quer dizer que sua caminhada deve ser solitária.

Talvez a palavra "vida" seja exagerada, mas, no momento, vou pensar no "agora". Não posso deixar Emi solitária.

O gato correu atrás de Satoru, mirando sua panturrilha. Se Satoru resistisse, estava pronto para mordê-lo.

Estava decidido. As unhas afiadas que desbravaram os campos áridos de seus ancestrais estavam preparadas para o ataque.

No entanto, no momento em que Tigradinho ia alcançar Satoru, o garoto parou de repente. Esbravejou, respirou fundo e virou-se para Emi.

— Vamos descansar um pouco.

Voltou em direção à irmã, com cara de bravo, olhos afetuosos e fazendo bico com uma expressão triste. Quando Emi ergueu o rosto, ele forçou um sorriso e disse:

— Na verdade, eu também estou cansado.

Tigradinho ficou extremamente contente e caminhou na frente de Satoru como se o guiasse, com o peito estufado.

— Ei, gato! Pelo Curto Americano! — Satoru chamou o gato de uma forma um tanto agressiva, ainda que num tom carinhoso. — Pode ir embora, não tem problema.

No instante em que ouviu o menino falar, Tigradinho considerou que sua tarefa era entregar as duas crianças, que não pensavam nas consequências de seus atos, em segurança ao seu destino. Afinal, pensou, essa tarefa já era sua desde tempos remotos.

Entretanto... onde será o destino final deles?

Satoru e Emi sentaram na beira da calçada e beberam o chá da garrafa PET que traziam na mochila.

— Gatinho, toma um pouco também.

A menina, que havia parado de chorar, ainda fungando, pegou um pote de plástico descartável da rua e despejou o chá dentro.

— Que gato esquisito... Ele não tenta fugir...

Ao ver o irmão falar estupefato, Emi, passando a mão nas costas de Tigradinho, comentou que o gato devia ter simpatizado com eles. Depois, contou com muito entusiasmo e confiança uma ótima ideia que teve.

— Escute, vou dar esse gatinho de presente para a mamãe. Ela vai ficar muito contente com essa surpresa. E, como vamos visitar o gatinho, também vamos poder ver a mamãe. Viu? Então, a mamãe, que está morando longe agora, talvez vá morar junto com a gente como antigamente, não é?

Satoru permaneceu calado e desviou o olhar da irmã, o que a fez vacilar. Em seguida, deixando de lado a frieza do irmão, perguntou se já estavam perto da casa da mãe. O irmão apenas mordeu os lábios e encarou o sol que se punha.

— Emi...

— O que é? — A voz de Emi tremeu.

Tigradinho entendeu mais tarde que, naquele momento, a menina pressentiu o motivo por que seu irmão ficou calado todo esse tempo e o que o levou a isso.

— A casa da mamãe é longe.

— Longe... quanto?

— Muito.

— Não podemos ir a pé?

— Não.

— E se formos de ônibus?

— É muito longe. Tão distante que é quase impossível encontrarmos ela.

— Mas ela está nos esperando, não é? Mamãe deve estar muito ansiosa para nos ver.

Satoru, ainda encarando o sol, balançou a cabeça em negativa e falou em voz baixa:

— Mamãe já está criando um novo gato.

— É mesmo?

— Sim...

— Ah, então ela pode nos mostrar o novo gatinho, não é?

Satoru balançou novamente a cabeça em negativa. Sua boca apenas se mexeu, sem fazer nenhum som: "Desculpe por mentir para você." Mesmo não estando num ângulo em que pudesse ver o rosto do irmão, os olhos de Emi ficaram marejados.

— A mamãe tem uma nova família. Ela se divorciou do papai, casou de novo, e o papai também se casou de novo... Nunca mais seremos uma família.

Dessa vez, Emi foi quem mordeu os lábios. Quando baixou a cabeça, uma lágrima caiu no chão.

— Desculpa... Emi, desculpa... Eu sabia desde o início... Como você disse que queria muito ver a mamãe, estava tão contente... acabei mentindo... Desculpa, desculpa...

Satoru também chorava, até mais que a irmã. Suas lágrimas eram como um rio, caindo sem parar, molhando seu rosto e pingando pelo queixo. Eram as lágrimas que ele havia guardado aquele tempo todo.

Tigradinho olhou novamente para Emi e Satoru, procurando alguma solução.

O que posso fazer por essas crianças? Não sei, mas quero fazer algo. Eles não são clientes, nem meus donos. Mas eu gostaria de ajudá-los com qualquer coisa que esteja ao meu alcance, para que esses parceiros de viagem possam sorrir novamente.

O gato viu então que um carro se aproximava, vindo de uma estrada secundária. Tigradinho pulou para a faixa de carros, e, cambaleante, se sentou e rolou para chamar a atenção do motorista.

Como esperado, vendo Tigradinho deitado no meio da estrada, o carro diminuiu a velocidade e buzinou, mas o gato não se mexeu. Ainda que tivesse medo, o felino conteve a vontade de fugir. Assim que o carro parou bem na sua frente, Tigradinho pulou em cima do capô e se virou para o lado da calçada, indicando ao motorista o acostamento.

Quem dirigia o carro era uma senhora. Guiada pelo gesto do gato, olhou para a calçada e, notando a presença de duas crianças sentadas aos prantos, saiu correndo do veículo.

— Ei, vocês! O que estão fazendo aí?

Tigradinho sempre considerou os humanos um tanto insignificantes. Honestamente, ainda achava isso, mas, naquele momento, estava dividido. Metade dele os desprezava, enquanto a outra metade sentia que não era bem assim.

Tanto a senhora, que carregou no seu carro os irmãos para a delegacia, quanto os policiais encarregados, que foram gentis e não ralharam com as crianças, tinham seus pontos positivos a considerar, dignos de elogio. Mas, bem... não sei se eles apreciariam os elogios de um gato.

Na delegacia, enquanto Emi comia pão com geleia e tomava o leite que a policial havia lhe oferecido, Satoru, sentado numa outra mesa, falava da fuga de casa e seus motivos para um senhor que anotava tudo. O menino dizia que tirou sua irmã à força de casa e que era tudo culpa dele. Implorava que prendessem apenas ele, e que a irmã era inocente...

— Não vamos prender você.

O senhor sorriu e disse para a menina que ela tinha um irmão muito carinhoso.

Da sala ao lado, veio um rapaz de uniforme e disse:

— Consegui entrar em contato com a família. Parece que a mãe vem buscá-los o mais rápido possível. E, talvez, o pai também.

O gato, ouvindo isso, chegou à conclusão de que a tal mãe seria a nova mãe das crianças. O rapaz virou-se para Satoru, fez uma cara feia e disse:

— A mãe de vocês estava procurando os dois desde a hora do almoço. Ela disse que procurou vocês pela cidade inteira e, como não encontrou, estava pensando em pedir ajuda à polícia.

— Sim, senhor... — respondeu Satoru, bem baixinho, fazendo uma careta triste e descontente.

A razão para isso se devia provavelmente ao fato de a mãe ser "aquela mulher". Sem se importar com o menino, o rapaz continuou falando:

— Sua mãe estava chorando. No início, ela dizia "Ah, que bom". Depois, não parou de pedir desculpas.

No momento em que ouviu isso, Satoru franziu o rosto.

— Mas que mãe preocupada — comentou o senhor que tomava notas, ao ver a expressão do menino.

Ao ouvir isso, Satoru caiu no choro, com a cara no tampo da mesa. No fim das contas, o mais chorão entre os irmãos era o menino.

A moça da delegacia também deu uma recompensa para Tigradinho.

— Consegui com um colega do turno da noite. Bom apetite, gatinho.

Era um pedaço de salsicha de peixe empanada com alga marinha. Tigradinho resolveu aceitá-lo com gosto, mesmo sendo somente um pedaço. O senhor estava admirado.

— Que gato esperto!

— Ele salvou os donos que estavam em apuros. Nem parece um gato! É mais inteligente do que aquele cachorro Hachiko, do filme, você não acha?

Como um gato, Tigradinho achou a comparação um tanto ofensiva.

— Ah, ele parece um gato de rua, não é? O que vamos fazer? Vamos avisar o Centro de Controle de Animais? — perguntou o rapaz, se intrometendo na conversa.

Tigradinho, alarmado, cuspiu a salsicha que comia e se preparou para a fuga. Emi também reagiu, gritando que o moço estava errado.

— Hum, qual o problema?

— Ele não é um gato de rua!

— Mas se vocês não criaram esse gato, ele não é o animal de estimação de vocês.

Os irmãos protestaram.

O primeiro a falar foi Satoru, e depois Emi.

— Ele será nosso a partir de hoje!

— Pode não ser meu animal de estimação, mas ele é meu amigo.

O homem mais velho, sorrindo, bateu no ombro do rapaz, que ficou sem saber o que dizer.

— Parece que você perdeu, meu jovem.

Tigradinho retomou o que estava fazendo, mastigando a salsicha de peixe que havia devolvido ao prato. Ela era muito grande para comer de uma só vez, mas continuou mastigando, mantendo a boca em movimento. O gato sentia que, se não fizesse isso, seu peito iria explodir e perderia o controle de si.

De repente, a porta da sala se abriu violentamente. Num ímpeto, a nova mãe das crianças adentrou o recinto.

— Satoru! Emi! — berrou ela, os olhos marejados. Abraçou-os e gritou: — Tolos! Tolos! Tolos!

Mesmo enquanto o pai das crianças pedia desculpas e agradecia aos policiais, a mãe continuava abraçando-as. Não parava de chorar e pedia desculpas às crianças sem parar.

Nessa hora, Emi já estava abraçando a mãe. Satoru, que estava em pé até então, colocou a mão no ombro da nova mãe, que havia se ajoelhado, e começou a chorar junto com a irmã.

Eles estão em segurança agora. A nova mãe já não é mais "aquela mulher", e, mesmo que demore como casca de unha velha de gato, que se desprende e cai, a palavra "nova" também irá sumir.

Enquanto os policiais davam atenção à família, Tigradinho saiu sorrateiramente da sala. Assim que deixou o prédio e olhou para cima, viu a lua cheia no céu.

Tigradinho perguntou aos seus ancestrais:

— Como me saí? Consegui cumprir minha missão como descendente seu?

O gato não ouviu resposta, como havia acontecido outras vezes, mas sentiu uma satisfação no peito. Sentiu que havia incontáveis "eus" dissolvidos no seu corpo e na sua alma.

Bem... Então, adeus.

Tigradinho se virou para o prédio da delegacia, miou baixinho e partiu correndo em direção à escuridão da noite.

Quando Emi, que recebeu permissão da mãe para ficar com o gato, se virou, chamando Tigradinho, ele já havia iniciado uma nova jornada. Então, a menina começou a chorar novamente, mas se acalmou ao ouvir o irmão dizer que o gato devia ter sido enviado por Deus para protegê-los.

Se Tigradinho soubesse a linguagem dos humanos, provavelmente deixaria um bilhete assim para a menina:

A jornada de hoje terminou. A partir de amanhã, você vai iniciar a sua jornada com sua nova mãe. Vá com Deus. Mande lembranças ao seu maninho.

Ninguém sabe o que aconteceu com Tigradinho depois que partiu. Como ele era um gato esperto e cheio de energia, não deve ter fracassado no meio da caminhada. Provavelmente está vagando por aí neste momento, acompanhando algum viajante.

Ele é um gato de meia-idade da raça Pelo Curto Americano, com pelagem cinza-escura e listras pretas. Se alguém avistar um gato que observa o mundo dos humanos com olhar frio e acompanha crianças pequenas e solitárias, talvez se trate de Tigradinho.

Talvez você já o tenha visto na sua cidade, só não reparou.

Será que já não viu alguma criança, triste e sozinha, sorrir ao avistar um gato da raça Pelo Curto Americano, cinza-escuro com listras pretas, sem dono?

O gato dos sonhos da minha família

1

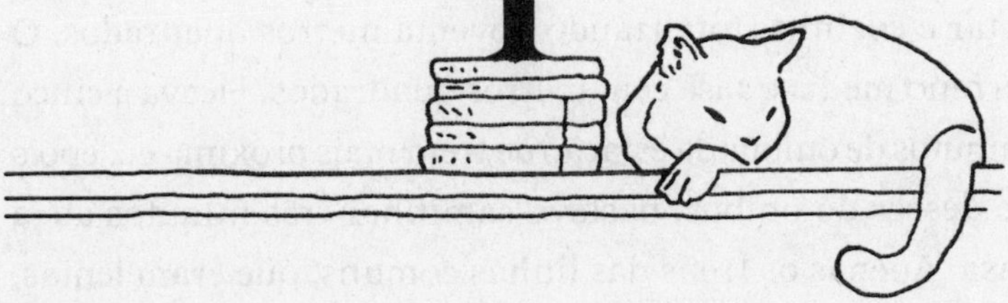

Ele resolveu realizar um pequeno sonho quando perdeu uma coisa muito importante.

Ter um gato.

Na verdade, como era difícil *ter*, resolveu *alugar* um.

— Existe um serviço de locação de gatos. Aluga-se por três dias com dois pernoites, e é mais barato do que se imagina — falou Ryuhei para a esposa, Harue, esfregando o rosto, que havia emagrecido bastante no decorrer do último mês.

— Você perdeu a cabeça? — perguntou ela, cabisbaixa.

— Lógico que não! É pecado querer realizar um pequeno sonho?

Ele pensou em dizer "Já que dei tudo de mim até agora", mas sentiu que falar isso seria humilhante e se conteve.

— Mas não vai ser ruim?

— O quê?

— É que... se o cheiro do gato ficar nos cômodos ou ele estragar as paredes e o piso, vai desvalorizar o imóvel, não vai?

— Fique tranquila. É só por três dias. Além disso, se desvalorizar cem ou duzentos mil ienes, não tem problema.

O valor da venda do imóvel seria na faixa daquele indicado na revista especializada em mercado imobiliário.

A construção tinha dez anos, com quatro quartos, sala de estar e cozinha, totalizando noventa metros quadrados. O terreno media quase cem metros quadrados. Ficava a cinco minutos de ônibus da estação de trem mais próxima e, depois de descer do ônibus, bastava caminhar três minutos até a casa. Apenas os trens das linhas comuns, que eram lentas, paravam na estação ali perto, então demorava quarenta e cinco minutos para chegar à estação de Shinjuku, centro comercial e administrativo de Tóquio.

O valor de venda da casa, mesmo que se conseguisse um bom preço, não tinha perspectiva de alcançar vinte e dois milhões de ienes. Era mais provável que fosse vendido na casa dos dez milhões – o que já era um bom preço.

E ainda que fosse vendida por quinze milhões, se somasse aos oito milhões que ele receberia como pagamento pelo tempo de serviço, totalizaria vinte e três milhões de ienes, o valor que faltava para quitar as parcelas da dívida feita na ocasião da compra da casa. Não sobraria nada para a família.

– Vamos ter que recomeçar do zero – falou Ryuhei com tom otimista e desviou o olhar de Harue, que apresentava, nos últimos tempos, um rápido aumento de cabelos brancos. – Quando nós éramos recém-casados, morávamos num apartamento de apenas um quarto. Basta pensar que voltaremos ao ponto de partida. É isso.

Ele sentiu que, se dissesse que o apartamento que iria alugar no mês seguinte era de três quartos, dois a mais do que o de antigamente, sentiria ainda mais o vazio no peito.

— Você não tem mais a mesma idade de antigamente — falou Harue, indiferente.

Quando eles se casaram, ela tinha 27 anos, e atualmente estava com 43. Além disso, a família havia crescido, com uma filha que estava no sétimo ano e um filho no quinto ano do ensino fundamental.

— Também não somos mais só nós dois. Como assim, "basta pensar que voltaremos ao ponto de partida"? Como você consegue ser tão positivo?

Ela tinha toda a razão.

— Se não arranjar logo um novo emprego, Miyuki e Yota vão ser afetados!

Ryuhei já sabia de tudo aquilo. E, sempre que ela falava das crianças, ele não podia revidar. Mas quem estava dizendo que queria ter um gato eram os seus filhos, não ele.

— Se eu soubesse que isso iria acontecer, teria pegado um gato logo quando nos mudamos para cá... — murmurou Ryuhei, se arrependendo de ter postergado a promessa de adotar um gato, dando pretextos como "gatos estragam a casa" ou "depois que as crianças crescerem".

— Se tivermos um gato, não poderemos nos mudar para o apartamento.

— Pois é...

— Se você trouxer um gato, cuidar por um tempo e depois se desfizer dele por conveniência, é melhor nem pegar.

— Tá bom...

Quando vai chegar o dia em que vou poder cumprir minha promessa? Quantos anos vai demorar para conseguir comprar novamente uma casa própria em que possa ter um animal de estimação tranquilamente, mesmo depois de ser obrigado a recomeçar a vida, quase do zero? Não, o problema não é quando *isso vai ser possível, e sim se a possibilidade ainda existe...*

Ele passou o olhar pela sala. Ela funcionava como sala de estar e de jantar conjugadas, mas o espaço era minúsculo. Em termos de um cômodo tradicional japonês, teria aproximadamente dez tatames de tamanho, pois o espaço tinha em torno de quinze metros quadrados. Foi difícil acomodar a mesa de jantar e o conjunto de sofá no espaço. Os sofás foram comprados por Ryuhei, mesmo contrariado pelo resto da família, pois sonhava descansar neles. Assim, o espaço ficou ainda mais apertado e, quando se mexia, batia em algum móvel. Mesmo quando machucava o mindinho do pé, a ponto de se curvar de dor, tudo o que Ryuhei podia fazer era criticar a si mesmo por não conseguir algo melhor para a família. E, ainda por cima, teria que se desfazer até desse imóvel "apertado"...

Com a mudança, certamente teria que se desfazer da mesa de jantar e do conjunto de sofá de que tanto gostava, pois não teria espaço na nova casa.

Ele voltou a olhar para Harue e mexeu levemente a boca em um pedido de desculpas silencioso. Entendendo o que o marido disse, a esposa apenas respondeu que não havia o que fazer. Essa comunicação do casal, em silêncio, era até mais dolorosa do que quando eles o faziam em voz alta.

— Acho que não precisamos de um gato. Vamos deixar isso para lá — disse Harue, e Ryuhei concordou. — Miyuki e Yota não parecem realmente querer um gato. E, sendo um de aluguel, teremos que devolvê-lo. Imagina se eles se apegarem ao gato. Vai ser mais triste para eles.

Ryuhei encarou o teto em silêncio. No andar de cima, bem acima de onde ele estava, era o quarto de Miyuki. O quarto de Yota era logo ao lado. Pelo horário, as crianças deveriam estar dormindo, mas ele não sabia se estavam de fato, pois ultimamente, no café da manhã, os filhos aparentavam não ter dormido direito.

— Será que Miyuki já contou para as amigas?

— Para as amigas mais próximas, sim.

— Será que falou apenas que vai mudar de escola?

— Não sei. Mas, do jeito que ela é, não deve ter falado tudo.

Ao contrário de Yota, que era tranquilo, Miyuki tinha personalidade forte e detestava perder. Seu orgulho e inflexibilidade a prejudicavam e, por isso, quando estava ainda no primeiro ano, tinha sofrido bullying. Então, era muito improvável que a garota tivesse contado que o pai havia sido demitido e que precisariam vender a casa pois não poderiam mais pagá-la.

— Será que as crianças me odeiam?

— Lógico que não. Eles sabem que não há o que fazer.

— Eles devem estar pensando que sou um imprestável.

Dessa vez, Harue nada disse. Ryuhei também permaneceu calado, pois, se falasse alguma coisa, receberia uma resposta dura.

A janela sacudia, fazendo barulho, por causa do vento. A casa em que a família morava tinha sido comprada ainda nova, parte de um loteamento de baixo preço, e, depois de cinco ou seis anos, começaram a surgir defeitos.

— Agora há pouco... — falou Harue — ... antes de você voltar, Yota chorou. Ele disse que não quer mudar de escola. Disse que não quer se separar dos amigos e que queria ir ao passeio da classe no ano que vem.

O vento sacudiu a janela novamente. Era final de outono. A felicidade cultivada ao longo dos anos estava chegando ao fim. O vento soprava. Seu sibilar era um tanto parecido com o miado de um gato.

No dia seguinte, Ryuhei saiu de casa pela manhã e foi para o centro da cidade visitar o escritório do Hello Work, o sistema nacional de empregos. Procurou informações sobre emprego na internet, mas todas as ofertas eram em locais distantes. Além disso, o número de ofertas de emprego também era baixo.

Quando alterou a idade de seu perfil para os 20 anos, apenas por curiosidade, o número de ofertas aumentou significativamente, mas, com isso, aumentou ainda mais sua tristeza.

Ultimamente, ele passou a pensar que deveria ter trocado de emprego antes do estouro da bolha econômica, na época em que o Japão era bastante ativo e quando ele próprio era jovem.

Foi um erro ter comprado a casa achando que estava fazendo um ótimo negócio. Se tivesse esperado mais três anos, seu preço teria baixado ainda mais. Na verdade, se tivesse continuado morando no apartamento alugado, o dinheiro da aposentadoria garantiria o pagamento do aluguel até Miyuki terminar o ensino médio, sem que precisássemos nos mudar.

Eu nem tinha feito besteira no trabalho.

Não acho que me dediquei totalmente à empresa. Mas não cheguei a prejudicar algum colega ou chefe, progredi na empresa numa velocidade razoável, me relacionava bem com colegas de trabalho e clientes. Trabalhei bem.

Entretanto, me dispensaram...

A empresa diz que foi uma escolha difícil e extremamente dolorosa, mas, na verdade, para se manter, ela resolveu sacrificar inúmeros funcionários, incluindo a mim.

O que foi que eu fiz?

Onde eu errei?

Há alguns dias, sonhei que fazia essas perguntas ao diretor do Departamento de Recursos Humanos. No sonho, eu gritava, furioso. E, ao mesmo tempo, chorava.

Ryuhei não permaneceu por muito tempo no Hello Work, pois sentia que o número de ofertas de emprego não iria aumentar, mesmo que ficasse por muitas horas ali.

Pela tarde, ele se encontrou com um colega da época da faculdade, que tinha uma carreira estável em uma empresa grande. Assim que o colega bateu os olhos em Ryuhei, ficou alarmado. Mesmo ouvindo Ryuhei, que falava sobre sua situação difícil, não prestava muita atenção à conversa. Talvez pensasse que o colega o tinha chamado para pedir dinheiro, o que não era verdade. Ryuhei só queria ver se conseguia alguma dica para conseguir um novo emprego.

Depois de falar sobre sua situação, Ryuhei disse, rindo:

— Será que não conhece alguma empresa que precise de gente nova? Uma subsidiária, ou até a subsidiária dessa subsidiária? Faço qualquer trabalho. Em qualquer lugar.

Ryuhei esperou cinco segundos, enquanto seu amigo tomava o café em silêncio. Não vendo nenhuma reação, ele olhou pela janela, cruzou novamente as pernas e falou:

— Brincadeira! Não preciso de nada disso.

O colega, mostrando-se aliviado, devolveu a xícara de café ao pires e relaxou.

— A empresa onde trabalho também está apertada.

— Como assim? É uma empresa bem-sucedida.

— A empresa pode estar indo bem, mas nós, funcionários, estamos na mesma posição que as microempresas. Somos terceirizados e dependemos de outras empresas.

— Entendi...

— Na transferência de pessoal que vai ocorrer na próxima primavera, acho que vão me mandar para uma agência do interior.

— É mesmo?

— Acho que sim. Neste outono, eu já estava correndo perigo. No próximo ajuste, sinto que não vou escapar. Como tenho filho em idade escolar, vou ter que ir sozinho.

— Se tiver que ir para o interior, quanto tempo demora para voltar? Dois ou três anos?

— Tenho que ficar no mínimo cinco anos — disse o colega, balançando a cabeça tristemente. — Mesmo que demore cinco anos, terei sorte se puder voltar. Do contrário, devem me deixar lá mesmo, aí vou ter que trabalhar longe daqui até me aposentar.

Essa transferência seria muito melhor do que perder o emprego, Ryuhei pensou em dizer, mas engoliu as palavras junto com o café. Aproveitando que o celular do colega tocou, Ryuhei levantou-se da mesa. Ele não havia recebido uma ligação sequer a manhã toda. Durante o último mês, desde que foi demitido, ele quase não usava o celular. Já estava pensando em cancelar o serviço de telefonia se não conseguisse um novo emprego e a vida ficasse mais apertada. Ele não se sentiria culpado se, pelo menos uma vez na vida, fosse ele a dispensar algo.

Na hora de pagar, o colega tinha se dirigido ao caixa com a intenção de pagar o café de Ryuhei, mas ele interveio e pagou do próprio bolso.

O colega, por um momento, fez uma expressão como se dissesse "Tem certeza?". Ryuhei captou um misto de preocupação, pena e misericórdia no colega. Depois de receber o troco, saiu rapidamente da cafeteria, deixando o outro homem para trás.

— Não desista! E cuide da sua saúde, viu? — ouviu o colega dizer.

Entretanto, Ryuhei não se virou, e seguiu para a estação de metrô.

Ele embarcou na estação de Shinjuku, um pouco antes do horário de pico. Ryuhei já havia cumprido sua missão ali, e como não havia o que fazer em casa, resolveu embarcar no trem vazio, sem se preocupar com horário. Mais uma vez, ele refletiu sobre o passado.

Qual foi o sentido de todo esse tempo andando de trem lotado, cheio a ponto de não conseguir sequer segurar o corrimão? Gastei a sola dos sapatos, encharquei a camisa com suor, acompanhei as bebedeiras com colegas de trabalho a ponto de passar mal, ri para agradar os outros, elogiei quem não merecia, me desculpei mais do que devia, acalmei os ataques de nervos dos meus colegas, deixei de almoçar, trabalhei aos domingos... Ainda assim, o dinheiro era contado. E o tanto que tive medo, me desesperei, me cansei... E, depois de tudo isso, o que me sobrou?

Lembrou-se dos rostos dos filhos. Depois, surgiu a imagem de Harue. Eles haviam dito que um dia queriam ter um gato.

Quando comprou a casa atual, ao ver o tamanho do terreno e do imóvel indicados no anúncio, já tinha sentido que era muito pequena. Antes de assinar o contrato, quando foi visitar a casa, viu que era menor ainda. Depois que os móveis entraram, ficou ainda mais apertada...

Ele ainda se lembrava da expressão de Miyuki quando viu a casa pela primeira vez. Ela, que tinha 3 anos naquela época, devia ter imaginado um castelo de contos de fadas, e disse "Ela é tão pequena assim?", fazendo com que o corretor da imobiliária sorrisse desconfortável.

Quero que pelo menos um sonho nosso se torne realidade nesta casa. Se eu levar um gato, Miyuki e Yota ficarão surpresos. Gostaria de ver as crianças gritando de alegria. Acho que posso me permitir sonhar... com algo assim.

2

— Trouxe um presente! — falou Ryuhei logo que entrou na sala de estar.

Ao erguer um pouco a caixa transportadora que trazia, o gato, que estava enrolado na manta, soltou um miadinho.

Yota foi quem se virou primeiro.

— O que é isso?

Ele parecia não ter ouvido o miado, que foi abafado pelo som da televisão.

— O que você acha? — perguntou Ryuhei, sorrindo, ainda em pé na entrada.

Harue estava mirando o marido com um olhar de repreensão por ter alugado o gato, mas ele a ignorou.

— Pai, o presente está dentro dessa caixa?

— Isso mesmo. É uma caixa transportadora de gatos.

— Ah, é? O que tem aí dentro?

— Adivinha.

— Ah...

Ele é meu filho, mas é um tanto tolo. Se for para colocar as coisas de uma forma gentil, ele é um menino bonzinho e não faz nada por impulso. Porém, por outro lado, dá para dizer que ele é lerdo e não consegue se concentrar em nada. Talvez isso seja bom para o garoto, agora que o pai perdeu o emprego e até a própria casa...

— Pai, me dá uma dica! Por favor!

— Tá bom. Lá vai a primeira pista: é algo que você e Miyuki querem há muito tempo.

Yota, ouvindo o pai, virou-se e gritou, empolgado:

— Mana! Mana! O presente tem a ver com você também!

Miyuki continuava olhando para a televisão. Ryuhei, de repente animado, sorriu e chamou a filha:

— Ei, Miyuki, o que você acha que é?

— Sei lá...

Ela nem sequer olhou para o pai. A mãe encarou o pai, alertando-o para não insistir, e balançou a cabeça. Ryuhei sentiu que seu ânimo foi definhando novamente e refletiu sobre a filha.

Na noite anterior, Miyuki já estava mal-humorada, mas hoje está pior, talvez por ter acontecido algo desagradável na escola. E, ao contrário do irmão, é implacável. Falando de forma gentil, ela tem personalidade forte e sensível. Porém, se não formos tão gentis assim, pode-se dizer que é inflexível e rígida demais, tanto consigo mesma quanto com os outros. Como ela enxerga o pai, agora que ele perdeu o emprego e a própria casa? Fico com medo de imaginar a resposta e tenho evitado pensar sobre isso.

— Hein, Yota? — Ryuhei se virou novamente para o filho. — Vamos, adivinhe. O que você acha que é?

— Qual é a segunda pista?

— Hum, vou dar uma superdica. É um ser vivo.

— Um ser vivo?

— Isso mesmo. É um animal. Um que vocês dois queriam. Já adivinhou?

Ryuhei deu uma olhadela em Miyuki e achou bom ela não ter reagido. Yota, que estava de braços cruzados, pensativo, perguntou:

— Está dentro da caixa, certo?

— Isso mesmo.

— Que barulho ele faz?

— Se eu disser, você vai saber o que é.

O pai riu e, por dentro, sentiu-se desapontado. Quando disse que era algo que eles queriam havia muito tempo, o garoto deveria ter adivinhado. *Os desejos das crianças de hoje em dia são tão superficiais assim?*, pensou ele.

— Não é uma tartaruguinha... é? Porque não tem água aí dentro.

— Como assim, tartaruga? Não me lembro de você querer uma.

— Ah, vi uns dias atrás na televisão e achei muito legal!

Ah, calma lá! Quando mudar de ideia sobre o que quer, pelo menos avise os pais! Ou melhor, nem mude...

O desapontamento do pai se transformou em uma profunda decepção. Se o sentimento se transformasse em raiva, o intuito de ter alugado o gato passaria a não ter sentido. Então, resolveu deixar tudo bem esclarecido e resolvido. Ele colocou a caixa no chão e falou:

— Escute, Yota.

— Que foi?

— Já não se interessa mais por gatos?

— Não, não é isso. Também seria legal ter um gato.

— Então, você quer um... Não é?

— Sim. Depois da tartaruguinha, talvez — respondeu o garoto, indiferente. Então, impaciente, prosseguiu: — Deixa isso pra lá, pai. Tem alguma coisa aí dentro? Dê mais dicas!

Meu filho é idiota! Depois de tantas dicas, ainda não descobriu o que tem dentro da caixa... Mas, apesar de julgá-lo, eu ainda procuro validação e apoio nele.

— Ah, venha dar uma olhada.

Ryuhei abriu a portinha da caixa e tirou o gato do seu interior. Era um felino da raça Azul Russo.

— Nossa! — exclamou Yota, alegre, e correu na direção do pai. — Papai, posso segurar ele? Por favor! Posso?!

O que faltava de inteligência no filho havia de inocência e felicidade. Ele era muito sincero, a ponto de ser pueril.

Ryuhei gostava dessa característica do filho. Desde jovem, ele não gostava da palavra "consolo". E mesmo assim, depois de perder o emprego, ver o sorriso do filho lhe aquecia o coração. Essa sensação era similar à de soltar um suspiro depois de mergulhar por um bom tempo em uma banheira quentinha, que poderia ser classificada somente como "consolo".

Com um gesto desajeitado, Yota pegou o gato no colo. O gato ficou quietinho nos braços dele, como o funcionário do pet shop tinha dito que ele ficaria.

— E aí, Yota, você ainda prefere tartaruguinhas? — perguntou Ryuhei.

— Não! Prefiro gatos! — respondeu o menino, sem hesitar.

— Viu? — disse o pai, sorrindo para o filho.

Miyuki continuava a olhar para a TV, mesmo que estivesse apenas passando um comercial. Então, Ryuhei resolveu ignorá-la e riu. Harue, por sua vez, se levantou do sofá e se dirigiu para a cozinha. Yota chamou a mãe:

— Mãe! Mãe, vem ver!

— Depois eu vejo. Vou esquentar o jantar de seu pai — respondeu a mãe.

Depois que as crianças se retiraram para o andar de cima, Harue declarou:

— Eu não me responsabilizo...

— Vai dar tudo certo.

Ryuhei se deitou no sofá e encarou o teto, o olhar desfocado. Já eram quase onze da noite, mas ainda se ouvia barulho vindo do quarto de Yota.

O menino estava brincando com o gato. O filho deu a ele o nome "Meowth" e falou que havia um gato chamado assim na equipe rival de Pikachu, do desenho *Pokémon*. Ryuhei não achou boa ideia dar o nome de um vilão ao gato. De qualquer forma, o filho havia levado Meowth para seu quarto, dizendo que iriam dormir juntos.

Pelo jeito, parecia que a brincadeira iria madrugada adentro. Por mais incômodo que fosse para o gato, Ryuhei havia decidido deixar o filho brincar, afinal era sexta-feira.

— Teremos que devolver o gato depois de amanhã, não é? Tem certeza que não teremos problema? Será que nosso filho não vai sofrer por ter se apegado ao gato?

— Fique tranquila. Eu deixei isso bem evidente e ele está ciente de que vai ter que devolvê-lo.

Ryuhei havia explicado que o gato era de aluguel, o que deixou o garoto insatisfeito. No fim, se convenceu quando o pai disse: "É melhor ter por três dias do que nem ter um gatinho, não é?" O pai não tinha certeza se o filho chegou a pensar que, no apartamento para o qual iriam se mudar, não tinham permissão para criar gatos.

— Pensei em tirar muitas fotos e vídeos amanhã, já que serão as últimas lembranças desta casa.

Quando Ryuhei se levantou, lembrando que precisava colocar o celular para carregar, ouviu Harue retrucar:

— Para quem você está fazendo isso?

— Como assim?

— Para quem serão essas últimas lembranças?

Não é óbvio?, pensou Ryuhei. Porém, antes que pudesse dizer qualquer coisa, recebeu outro golpe:

— É para você mesmo, não é?

— Não. Por que você está falando essas coisas? Eu só trouxe o gato porque Yota e Miyuki queriam um. Então, já que é a nossa última chance de ter um...

— E Miyuki? Ela estava contente? — insistiu Harue, dando o terceiro golpe.

Ryuhei não sabia o que dizer. Miyuki havia subido para seu quarto em silêncio. Então, não sabia se a filha estava contente ou não. Nem sequer se olharam.

— Você acha que Yota vai estar contente depois de amanhã, quando for devolver o gato? Acha que ele vai dizer "Pai, muito obrigado por essa boa lembrança"?

Ryuhei não tinha argumentos. Vendo o marido calado, Harue continuou a falar.

— Escute, uma lembrança assim não é algo que se crie à força. Essa história de uma "última lembrança" não é coisa sobre a qual as crianças pensem, é invenção dos adultos. As crianças queriam um gato, mas não foi possível. Isso por si só já não seria uma lembrança assim?

— Mas... Como pais, não é normal querermos que os sonhos dos filhos se realizem?

— Se o gato fosse realmente nosso, sim. Mas, sendo de aluguel, não podemos dizer que conseguimos realizar o sonho deles.

— Nesse ponto eu concordo...

— Não realiza sonho nenhum, e é mais triste do que jamais ter um gato... Você pode até ficar bravo por eu falar, mas acho que você fez isso para satisfazer os próprios caprichos.

As palavras da esposa apunhalaram o peito de Ryuhei. Ele pensou em argumentar, mas havia um nó em sua garganta que o impedia de falar. Depois de um longo silêncio, Harue falou, desanimada:

— Hoje à tardinha, a imobiliária ligou.

A ligação era sobre a avaliação do imóvel.

— E o que disseram sobre nossa proposta de vender a casa no valor de vinte e dois milhões de ienes?

— Falaram que esse valor está fora de cogitação.

— Por quanto eles avaliaram?

— Disseram que, mesmo anunciando a casa por dczoito milhões de ienes, não saberiam se teria comprador.

— Quero saber por quanto aquele homem disse que podemos vender nossa casa!

Como se já previsse a voz alterada do marido, Harue anunciou o valor do "castelo de contos de fadas" que Ryuhei havia erguido com muito esforço e que estava protegendo:

— Ele falou que, se a oferecermos no valor de quinze milhões, talvez apareça algum comprador que a leve por treze... Se baixarmos para doze milhões, parece mais provável.

Ryuhei sentiu o seu castelo desmoronar, de mãos atadas.

— O que vamos fazer? Procurar outra imobiliária? — perguntou Harue.

Ryuhei pensou em concordar, mas acabou balançando a cabeça em negativa.

— Acho que não vai fazer diferença.

— É... Provavelmente...

— Não é o suficiente para quitar as parcelas da dívida.

— Vou tentar dar um jeito nisso.

— Vai falar com seu pai?

— Tem outra saída?

— Já que estamos nessa situação, quem sabe ficamos aqui até nos expulsarem... — disse ele, sério.

As prestações mensais da casa pesavam para quem estava desempregado. Então, Ryuhei pensou em ficar na casa até que o banco tomasse as últimas medidas.

— Não vamos fazer isso — disse Harue, sorrindo melancólica. — A Miyuki só sofreria ainda mais.

Harue explicou para o marido a causa do mau humor da filha no jantar. De acordo com ela, uma colega desagradável da escola disse que a família se preparava para fugir na calada da noite. Ryuhei fechou os olhos com força e se conteve para não soltar um lamento.

Talvez a tentativa de construir uma memória feliz com o gato seja realmente apenas o egoísmo de um pai, pensou ele. *Porque, mesmo que houvesse três dias de alegria nesta casa, quando os filhos crescerem e olharem para o passado, irão ver somente tristeza.*

Quando Ryuhei bateu à porta do quarto de Yota, ouviu o garoto responder, sonolento:

— Já vou...

— É seu pai, vou entrar.

— Entra, pai. Eu estava tirando um cochilo — disse Yota enquanto abria a porta e riu.

— Se não dormir na cama, você vai acabar pegando uma gripe.

— Tá bom...

— E o gato?

— Já está dormindo. Olha!

Yota apontou para a caixa transportadora no chão. Meowth estava dormindo enrolado na manta.

— Foi bem como o senhor disse, pai. Ele dorme em qualquer lugar, desde que tenha a sua manta.

— Isso mesmo. Mas tem que ser essa manta. É que ele foi treinado desde que nasceu para dormir com ela — contou o pai, repetindo o que o gerente do pet shop lhe dissera.

— Então, se for outra, ele não consegue dormir?

— Não, não consegue. Eles me fizeram prometer que não separaria o gato da manta.

A manta era bege e sem estampa, e parecia com as que eram vendidas em lojas de roupas de cama. Ryuhei sentiu pena e, ao mesmo tempo, inveja do gato de aluguel, que dependia de uma manta e tinha que passar as noites em casas diferentes. Soltou um suspiro ao pensar no valor imensurável da manta para o felino.

Será que nós temos algo que seja comparável à manta, algo com que possamos dormir tranquilamente, mesmo que mudemos de lar?

3

No dia seguinte, o tempo estava aberto. Um dia perfeito para gravar vídeos. Nada melhor do que uma boa iluminação para registrar uma boa lembrança.

Com a câmera digital e o gravador de vídeo em mãos, ele foi filmando e tirando fotos da vida da família com um gato. Meowth enrolado como uma bolinha na escada, caminhando pelo corredor, enfiado debaixo da mesa de jantar, na varanda, no armário, no banheiro...

— Será que Meowth trabalhava como modelo ou algo assim? — perguntou Yota, admirado.

— Talvez — concordou Ryuhei.

Meowth era um gato muito esperto e espontâneo. Não importava onde o colocassem, ele agia com naturalidade e posava para as fotos.

— Ontem à noite, ele estava quietinho. Ele dormiu enrolado na manta. É muito fofinho.

— Ele deve ter dormido bem.

— É.

— E você, que ficou olhando o gato a noite toda, está com sono.

Ryuhei viu o filho concordar, dando um grande bocejo. Não sabia se Yota era muito inteligente, mas reconhecia que o filho era uma pessoa sincera.

— Pai, onde mais vamos tirar fotos? Lá fora, passeando?

— É uma boa ideia... Mas vamos tirar fotos dentro de casa, por enquanto.

Ryuhei resolveu registrar o interior da casa com memórias felizes, já que iria perdê-la em um futuro próximo. Pensou que trazer alegria para os filhos ao verem as fotos, depois de algum tempo, talvez dali a dez anos — ou muito mais décadas —, era sua função, mesmo que Harue tivesse dito que seria algo exagerado ou que o criticasse alegando que era egoísmo.

Ele foi para o andar de cima, tirou mais algumas fotos e filmou Yota brincando com Meowth. Já havia muitos vídeos e fotos dos dois juntos.

Porém, não tinha nenhum registro de Harue ou Miyuki. Harue ficou arrumando a cozinha para poder fazer a mudança e ficava muito brava quando Ryuhei apontava a câmera para ela. Miyuki, depois de tomar rapidamente o café da manhã, se trancou no quarto, colocando um aviso na porta: "Estou estudando. Proibida a entrada!"

Desse jeito, ele não conseguiria registrar as últimas recordações da família ali. Ainda que naquele momento elas não quisessem fazer isso, Ryuhei tinha certeza de que no futuro diriam com gosto o quanto apreciavam os vídeos e fotos daquela época. Se continuassem de birra assim, a única coisa que permaneceria era a triste lembrança de que o pai havia perdido o emprego e a casa.

— Agora, sim. Vamos descansar um pouco. Depois chamo vocês de novo. Pense onde podemos tirar mais fotos.

Ryuhei deixou o filho e Meowth brincando no andar superior e desceu para a sala de estar.

Harue estava sentada no chão da cozinha, em frente ao armário sob a pia, separando panelas, utensílios de cozinha e recipientes que levaria para o apartamento daqueles de que iria se desfazer.

Quando reparou na presença de Ryuhei, continuou de costas para o marido, riu tristemente e disse:

— Olhando tudo, dá para ver que temos muita coisa de que não precisamos.

— Escute... Não quer tirar pelo menos uma foto?

— De que vai adiantar?

— Temos um gato! E, quando de fato começarmos a mudança, os cômodos vão ficar diferentes, então, queria fazer registros do nosso lar...

— Não precisamos disso.

— Não é bem assim. É importante ter recordações. Se não fizermos nada para guardá-las, não vai sobrar nenhuma.

— Exatamente, não precisa guardar nada.

Era a mesma discussão do dia anterior, mas, dessa vez, Ryuhei também se sentou no chão, suspirando, e resolveu falar algo que não tinha dito antes.

— Você se lembra do seriado de televisão chamado *O álbum da margem do rio*?

— Lembro... Acho que vi a retransmissão. É uma história em que a casa é levada por uma enchente, não é?

— Isso! Você sabe como termina a última cena?

— O fim não foi a enchente?

— Isso mesmo... Mas, no final, o que resta é o álbum de família.

Naquela história, antes da enchente, a família em questão estava desintegrada. A casa deles, que representava a minúscula felicidade da família, também foi perdida por causa da enchente e, apesar disso, o álbum da família permaneceu.

O final, entretanto, não falava o que havia acontecido com a família depois da enchente.

— Bem, eu acho que aquela família tinha, de alguma forma, condições de recomeçar. O fato de o álbum ter permanecido significa que a lembrança permaneceu. Tenho certeza de que, desde que a lembrança persista, a família pode recomeçar, mesmo que demande muito esforço...

Harue não respondeu, mas Ryuhei percebeu que sua mão, que tirava de uma caixa um par de louças que ganharam de recordação num casamento, parou.

— Você sabe que eu sou o filho mais novo.

— Você mudou de assunto, de repente...

— Não mudei, não. Como eu era o filho caçula, tenho pouquíssimas fotos de quando era criança em comparação ao meu irmão mais velho. Meu irmão tem dois álbuns cheios de fotografias mesmo antes de entrar na escola. Eu tenho apenas um álbum, com as fotos desde pequeno até terminar as séries iniciais do ensino fundamental.

— É bem comum acontecer isso, não é?

— Não acho que gostavam mais dele do que de mim ou que eu tenha inveja do meu irmão, mas não lembramos direito da época em que eu era criança. Se as fotografias ajudam a lembrar o que aconteceu, um passado sem fotos é um passado sem lembranças... Isso é realmente triste...

Um dia... Ainda que seja em um futuro distante, quero rever, em família, as fotos e vídeos deste nosso álbum com um sorriso no rosto, dizendo coisas como "Que época difícil aquela, não é?" e "Mas agora somos felizes". Só que para isso eu preciso criar uma recordação mais concreta.

Ficou um silêncio entre eles. Ryuhei, sem falar mais nada, ficou esperando que Harue respondesse. Ela, por sua vez, voltou a arrumar os utensílios de cozinha, sem falar nada nem se virar para seu marido.

— Hein, Harue...

— Desculpa. Hoje estou ocupada. No início da tarde, vamos receber a empresa de reciclagem.

— É só uma foto. Se você disser que vai tirar uma, Miyuki também vai querer.

Os ombros de Harue caíram de repente. Ela tinha soltado um suspiro.

— É uma falsa recordação, não é? Não vamos fazer isso. Acaba ficando mais triste ainda.

A conversa voltou ao mesmo ponto do dia anterior. Ryuhei estalou a língua e deu um suspiro.

— Você pode até ficar bravo, mas... Em vez de ficar pensando em bobagens como tirar fotos, você deveria se preocupar com outra coisa, não é? Miyuki e eu vamos ficar muito mais felizes se você se dedicar mais a procurar um novo emprego...

— Hoje o Hello Work está fechado.

— Não abre aos sábados?

— Na verdade, não tenho certeza...

— De qualquer forma, seus amigos e conhecidos devem estar em casa num sábado, certo? Se fosse eu, iria na casa de cada um deles para ver se conseguia alguma indicação...

Ryuhei lembrou-se do colega da época da faculdade que encontrou no dia anterior. A sua expressão alarmada, cheia de repulsa e pena, veio à mente de Ryuhei, de forma nítida, mesmo que fosse mais sua imaginação do que algo que realmente houvesse acontecido.

— Não fui demitido porque quis... — resmungou Ryuhei, com a voz alterada.

— Eu sei disso! — exclamou Harue, de costas para ele, também com um tom de agressividade.

No momento em que o marido se levantou, irritado, o telefone tocou.

O telefonema era da imobiliária, avisando que havia encontrado um possível comprador.

— Estão dizendo que o comprador vcm agora para ver a casa — disse Harue, perplexa, esquecendo-se de apertar o botão de espera ou de tapar a boca do fone.

De acordo com o corretor, um cliente havia olhado um imóvel próximo que não o agradou e, no caminho de volta, foi oferecida a casa de Ryuhei, que havia sido avaliada no dia anterior.

— O que vamos fazer? Ainda não assinamos nenhum contrato de exclusividade, então não teríamos problema... Como está perto, ele está sugerindo...

— A casa nem está arrumada...

— Parece que isso não é um problema, já que vão reformar. Querem ver a iluminação e a distribuição de quartos.

Mesmo desconsiderando a parte da faxina, Ryuhei não estava preparado emocionalmente. Se o comprador gostasse da casa e aceitasse o preço... A casa passaria definitivamente para outra pessoa... O que era a intenção e... se deixasse escapar essa chance, talvez nem sequer aparecesse alguém que quisesse dar uma olhada...

— Vamos dizer para eles virem — disse Ryuhei.

Harue concordou, com uma expressão um tanto melancólica. Ele imaginou a cara que fazia, também cheia de tristeza.

A despedida da minha casa talvez ocorra assim, com a simples visita de um estranho. Em vez da enchente, daqui a meia hora chegará um micro-ônibus da imobiliária. Se bem que o álbum de recordações ainda está incompleto...

— O que vamos fazer com o gato?

— Como assim?

— Não tínhamos falado para a imobiliária que temos um animal de estimação. Parece que ter animais acaba diminuindo o interesse pelo imóvel...

— Quem sabe deixamos ele fora de casa.

— Mas assim ele pode fugir.

— Estando com Yota, creio que vai estar seguro.

— Isso é perigoso. Imagina se o gato sai em disparada e Yota corre atrás dele na rua. E se eles forem atropelados?

— Então, quem sabe eu vou junto?

— O quê? Não! Quem vende a casa tem que estar junto. Você e eu precisamos estar em casa.

Só havia uma alternativa.

Harue olhou para cima. Enquanto tentava convencer a si mesma da tarefa impossível que seria pedir ajuda à filha, subiu para o quarto de Miyuki.

Ryuhei também olhou para cima, clamando "Por favor, por favor, por favor...", rezando para que a filha aceitasse. Não era só o gato. Ele queria que, se fosse possível, os filhos não estivessem em casa. Ele não queria que os filhos vissem os olhares de pessoas pechinchando sua casa, nem os pais, que não tinham saída além de dar um sorriso forçado para eles. Ryuhei decidiu falar tudo isso caso Miyuki insistisse em ficar trancada no quarto.

Logo se ouviram passos descendo a escada. Parecia que a conversa tinha sido rápida.

— E aí, como foi?

— Tudo certo. Ela está se arrumando. Yota já está colocando o gato na caixa transportadora.

— Entendi...

— Eles disseram que não queriam ver o rosto do comprador.

Ryuhei assentiu em silêncio. Parecia mais um gesto de vergonha ou derrota. O pai e a filha sempre divergiam, mas, dessa vez, acabaram concordando.

A família que veio para ver a casa era composta por quatro pessoas: um casal com cerca de 40 anos — idade similar à de Ryuhei e Harue — e dois filhos. A primogênita e o caçula tinham idades próximas às de Miyuki e Yota. Era uma família igual à de Ryuhei. Foi um alívio Miyuki não estar presente.

A família do comprador avaliou a casa com olhar severo, sem rodeios, muito mais direta do que Ryuhei e Harue esperavam.

— Como assim?! É muito diferente do que eu esperava! — reclamou a filha.

A menina parecia ser arrogante e mal-educada. O filho, que ficou pulando em cima do sofá da sala de estar, parecia extremamente mimado.

Os pais não repreendiam os filhos pelo mau comportamento. Estavam ocupados demais batendo nas paredes, passando a mão nos arranhões e cochichando entre si. Parecia que a casa não era do agrado deles, e dava para perceber isso pelos gestos e expressão da esposa, apesar de não poder ouvir o que falavam.

— Precisa pegar um ônibus da estação de trem até aqui, não é? — perguntou o pai a Harue.

— Sim, mas leva apenas cinco minutos...

— E, mesmo a pé, leva menos de dez minutos — disse Ryuhei, interrompendo a esposa.

— O jardim parece muito úmido... Como é a iluminação solar aqui? — perguntou a mãe.

— Pela manhã, bate bastante sol. Está úmido porque eu reguei as plantas pela manhã — respondeu Ryuhei.

Ele sentiu-se humilhado, mas sabia que precisava vender com o preço mais alto possível. E, acima de tudo, era necessário que a casa fosse vendida. Pois essa era a última tarefa de Ryuhei como proprietário do imóvel.

Ao lado, a filha cutucou a mãe com o cotovelo. Depois, apontou o andar de cima com o queixo.

— Podemos olhar o segundo piso? Minha filha está ansiosa para ver.

Ryuhei ficou aliviado por Miyuki não estar ali. Todos subiram para o andar superior, e a menina, vendo a placa escrito "Estou estudando. Proibida a entrada!" pendurada na porta do quarto de Miyuki, cochichou que era muito brega e riu baixinho. Ele ficou com vontade de dar uma palmada na garota, mas se conteve.

A menina abriu a porta bruscamente, sem se importar com os donos da casa. Ryuhei sentiu que Harue também estava ficando irritada com a situação.

Mas...

Assim que colocaram os pés no quarto, Ryuhei e Harue congelaram. Na parede ao lado da cama, estava rabiscado:

"Seja infeliz aquele que comprar esta casa."

4

Os visitantes foram embora confusos. O corretor, ao se despedir, alertou:

— Vender a própria casa não é algo que ocorre com frequência na vida. Que tal conversar bastante com a sua família antes de vender?

O corretor manteve um sorriso profissional, mas seu tom não escondia o desastre que tinha sido a visita. Estava evidente que não conseguiriam fechar negócio com aqueles compradores. Por fim a sós, Harue sentou-se no hall de entrada. O cansaço de forçar um sorriso e o nervosismo vieram à tona.

— Cansei... — disse a mulher, a voz fraca, dando um leve sorriso.

— Ela escreveu com caneta permanente, não tem como apagar. Vamos precisar trocar todo o papel de parede — falou Ryuhei, a voz esganiçada.

Era uma despesa grande, que não haviam previsto. Mas o principal problema não era o dinheiro. Ryuhei ficou com os nervos à flor da pele quando pensou na tristeza e frustração que haviam levado Miyuki a escrever aquilo na parede.

— E agora? — perguntou Harue.

— O quê? — devolveu o homem.

Houve um momento de silêncio.

— Deixa pra lá — murmurou Harue.

— Não temos outra saída a não ser vender esta casa...

— Eu sei.

— Miyuki pode dizer o que quiser. Não tem o que fazer.

— *Eu sei.*

— Vamos procurar outra imobiliária.

Dessa vez, Harue não respondeu.

— Vou tentar colocar o papel de parede, porque vai sair caro chamar um profissional. Deve dar para encontrar o material em alguma loja de construção.

Harue continuou calada. Ryuhei suspirou e voltou para a sala de estar.

Logo se ouviu o barulho do motor de um caminhão, seguido de uma sirene de marcha à ré. O caminhão da reciclagem havia chegado.

Harue levantou devagar e, sorrindo tristemente, disse:

— Acabou que não conseguimos arrumar quase nada com essa interrupção, não é?

Para quem disse não ter conseguido arrumar quase nada, Harue foi orientando rapidamente o funcionário da reciclagem a carregar vários objetos, e não somente aqueles que havia separado pela manhã, mas também os utensílios ainda guardados no armário. Talvez fosse culpa da ansiedade. Ryuhei também estava relativamente conformado, pois, ainda que não quisesse se desfazer dos objetos, o apartamento em que iriam morar tinha pouco espaço. Não era possível levar tudo que havia na casa.

Harue comunicou ao rapaz da reciclagem para vir no dia seguinte também para levar o conteúdo do armário da sala de estar e, virando para o marido, disse:

— Eles podem levar o sofá junto com as outras coisas, não é?

Por um momento, Ryuhei vacilou. Como ainda tinha tempo até saírem dali de vez, chegou a pensar em levar o sofá para o apartamento novo e dar um jeito de acomodá-lo. Mas, chegando à conclusão de que isso seria impossível, acabou concordando em se desfazer dele.

— Então, gostaria que levasse o sofá também quando vier amanhã — disse Harue ao rapaz.

— Amanhã? Tem certeza? — perguntou o funcionário. Ele tinha o cabelo tingido de loiro.

— Como?

— Posso levar hoje mesmo. Ainda tem espaço no caminhão.

— É mesmo?

— Sim. Esse sofá não é tão grande, podemos levar com a mesa.

O jovem estava bem entusiasmado para levar os objetos para fora da casa assim que obtivesse autorização. Harue deu uma olhada no marido, mas ele desviou o olhar, como se dissesse "Você que decide". Ryuhei sabia que só estava fugindo da responsabilidade.

— Como vai ser, senhora? — perguntou o funcionário.

— Ah, desculpa. Pode levar amanhã. Quer dizer, não sabemos se amanhã será possível... Então, vamos telefonar de novo quando precisar...

Harue se desculpou sem parar, fazendo uma leve reverência. Vendo o gesto exageradamente educado dela, o rapaz ficou muito constrangido.

— Não tem problema — disse ele.

Lá fora, ouviram-se as vozes das crianças.

— Será que aquela família já foi embora?

— Deve ter ido. Tem um caminhão estacionado aqui fora.

— Será que foi vendida?

— E eu lá vou saber?

— Precisamos vender, não é?

— E daí? Não me amola, Yota. Que chatice...

O funcionário continuou fazendo seu trabalho sem falar mais nada. Harue e Ryuhei não se olharam mais, nem falaram com a filha, que entrou na sala de estar.

Certamente o gato não tinha como saber da discussão travada em sua ausência sobre a questão dos móveis, mas Meowth estava deitado no sofá como se ali fosse seu lugar preferido.

— Não sei como, mas, apesar de ter chegado ontem, parece que ele já mora aqui há mais de dez anos, não parece? Ele está tão à vontade.

Ryuhei sentiu que Yota tinha razão. Todo esticado no meio do sofá, Meowth estava se sentindo em casa, e vê-lo assim parecia muito familiar. Sorrindo desconcertado, Ryuhei encarou o teto, o olhar perdido.

Parece até que, se eu abrir um álbum antigo de família, vou encontrar uma fotografia de Meowth, esmaecida pelo tempo...

Harue foi ao quarto de Miyuki e não voltou. As duas ficaram conversando por um longo tempo, e, imaginando do que se tratava, Ryuhei resolveu não pensar demais no assunto.

— Hein, pai? — falou Yota baixinho.

— O que foi?

— A mana estava falando hoje à tarde...

— O que Miyuki falou?

— Ela disse que o trabalho de Meowth é passar pela casa de um monte de pessoas e que, por isso, vai esquecer completamente a gente... Isso é verdade?

Não era exatamente mentira. Ainda assim, Ryuhei queria que Miyuki não tivesse dito aquilo.

— Talvez ele lembre — disse Ryuhei, sorrindo para o filho. — Gatos são animais inteligentes, e aqueles que são escolhidos como gatos de aluguel são animais especialmente espertos. Então, acredito que Meowth vai se lembrar de nós.

— É mesmo?

— Aham... Provavelmente.

— A mana disse que quem é inteligente demais acaba se esquecendo das coisas.

De acordo com Yota, Miyuki explicou fazendo uma analogia com uma tigela. Segundo ela, a mente das pessoas era como uma tigela, que se enchia de memórias. Porém, havia um limite. Assim, se a pessoa não esquecesse coisas, não haveria espaço para novas, e as lembranças acabariam transbordando.

— Então, uma criança que é inteligente tem habilidade para aprender, mas também sabe esquecer.

— Ah, é...

— Ela disse que as crianças tolas ficam memorizando coisas de que não precisam, e, por isso, falta espaço para guardar memórias importantes.

— Ah, sim... Ela tem razão.

— A mana disse que vai se esquecer dessa casa.

Quando ouviu isso, Ryuhei sentiu o estômago embrulhar.

— Ela disse que não vai se lembrar do novo apartamento também.

Dessa vez, o pai sentiu um nó na garganta, dificultando a respiração.

— Como eu não sou bom na escola, ela disse que vou ter muitas memórias dessa casa e do novo apartamento, e não vou me lembrar de coisas importantes e, por isso, vou sofrer no futuro...

Ryuhei não sabia se o filho havia entendido o que Miyuki tinha dito, pois Yota falava tranquilamente, como se fosse sobre outra pessoa. Isso soou como uma salvação para o pai.

Pegou, então, a câmera digital que tinha deixado na mesa e disse:

— Não faz mal esquecer. Vou deixar tudo registrado em fotografia para você poder lembrar, mesmo depois de esquecer.

— Eu não vou esquecer — falou Yota, descontente.

Ryuhei, com um sorriso desconcertado, concordou com o filho e devolveu a câmera ao lugar onde estava. Como pai, não poder deixar lembranças que os filhos fossem querer recordar era extremamente triste e doloroso. Por outro lado, como um adulto que já havia vivido muito tempo, também pensou que talvez tentar manter apenas as lembranças que lhe eram convenientes fosse um capricho dos adultos.

Então, pegou novamente a câmera e virou a lente para si. A tela de LCD mostrava o rosto de Ryuhei. Não era uma imagem sorridente, mas não tinha o que fazer. Pensando que essa imagem sem sorriso também se tornaria lembrança, fotografou a si mesmo.

Quando já passava das dez da noite, Yota, que levou Meowth para seu quarto, entrou correndo na sala de estar, desesperado.

— Mãe, pai... A manta do gato sumiu! — disse Yota, choramingando e mostrando os arranhões nas costas das mãos e nos braços. — Quando abri a caixa para colocar ele para dormir, não vi a manta. Aí ele entrou em pânico. Ele está correndo por todo o quarto e me arranhando...

— Você levou ele para passear de dia. Não levou a manta junto? — perguntou a mãe.

Yota negou, sacudindo a cabeça sem parar.

— Então, não tem como ter desaparecido, não é?

— Mas ela desapareceu!

— Tem certeza que deixou dentro da caixa?

— Sim!

— Não tirou depois que voltou para casa? — perguntou o pai.

Ryuhei calçou um par de sandálias, mas, depois de refletir um pouco, trocou para os tênis de corrida que raramente usava. Ele queria caminhar com passos firmes, porque essa saída poderia ser a última lembrança dos dias que havia passado nessa casa com a filha.

— Vamos?

Depois de começar a andar na rua, Miyuki acompanhou Ryuhei, mantendo-se poucos passos atrás.

— Pai...

— O quê?

— Tem alguma foto da fachada da casa?

Ryuhei, então, percebeu que havia tirado várias fotos do interior da casa, mas não do lado de fora.

— Amanhã eu tiro — falou Ryuhei. Hesitante, acrescentou: — Vamos tirar fotos em família amanhã?

— Tanto faz se vai ser amanhã, mas não se esqueça de tirar — falou Miyuki, indiferente.

Em vez de responder, Ryuhei ergueu a cabeça e olhou para o céu noturno.

Havia estrelas brilhando. Ryuhei não conhecia nada de constelações, mas, ao ver as estrelas, sentiu que poderia pensar tudo numa escala um pouco mais ampla.

Daqui a dez ou vinte anos, quando abrirmos o álbum de família, todos vão estar sorrindo? Espero que sim.

E para que isso fosse possível, mantendo o olhar no céu noturno, ele falou:

— Escute, Miyuki. Seu pai vai dar o melhor de si e vai se esforçar.

Estranhando não ouvir uma resposta, Ryuhei baixou a cabeça e olhou para a filha. Miyuki estava caminhando à sua frente.

Espere aí! Justo agora que eu disse algo legal...

Fazendo beiço, Ryuhei foi atrás de Miyuki. Um passo, dois passos, três passos... No décimo passo, quando ele alcançou a filha, ela apontou o bosque ao fundo do parque. Ao pé de uma árvore, via-se uma sacola de compras.

— Eu não joguei a manta fora. Apenas a escondi.

Ryuhei não disse mais nada e foi caminhando ao lado de Miyuki. As duas sombras se juntavam, separavam, ultrapassavam e eram ultrapassadas.

Ao longe, ouviu-se o miado de um gato na rua.

Que sonho terá hoje um gato de rua que não tem manta para se enrolar?

Ao pensar isso, Ryuhei sentiu os olhos arderem. No minúsculo céu que criou ao fechar os olhos, ele viu uma Via Láctea borrada, flutuante.

Este livro foi composto na tipografia Latienne Pro em corpo 10,5/15,5, e impresso em papel off-white no Sistema Cameron da Divisão Gráfica da Distribuidora Record.

coisas importantes. Os humanos acabam encontrando novas coisas importantes, mesmo sem perceber.

Miyuki abriu a boca, mas, incapaz de articular qualquer coisa, voltou a fechá-la.

— Você está contente de ter deixado o gato aflito?

A menina baixou a cabeça e a sacudiu de leve, negando.

— E você, que é humana, está satisfeita só ficando aflita ou ansiosa?

A filha negou novamente.

— Vamos procurar a manta? — perguntou a mãe, rindo.

Meowth estava extremamente irrequieto. Rugia baixo e caminhava por todo o quarto de Yota. De vez em quando, soltava um miado alto e agudo, pulava e arranhava a parede. Todos pensaram em colocar Meowth na caixa e levar até o parque, mas até segurar o gato parecia ser difícil.

Yota se ofereceu para ficar em casa com o gato, mas, se Meowth ficasse mais agitado do que já estava, o garoto não conseguiria lidar com o gato sozinho.

— Tudo bem. Posso ficar aqui — declarou Harue.

Restou Miyuki e Ryuhei para irem ao parque. Miyuki fez cara feia, mas não se negou a ir com o pai.

Essa foi a primeira vez que pai e filha ficaram a sós desde que decidiram vender a casa. O coração da filha, que parecia disposto a se abrir momentos antes, poderia se fechar novamente graças à tensão que seguiria. Ryuhei estava preparado para tal, já que ele não tinha outra opção a não ser ir junto, afinal era seu dever.

Miyuki se dirigiu para o hall de entrada primeiro. Caminhou até o portão, virou-se para a casa e, sem motivo aparente, soltou uma risadinha.

— Não é o papai que merece isso? Bata no papai! Nós é que somos as vítimas!

Plaft! A bofetada que atingiu Miyuki foi mais forte que a primeira. Dessa vez, a garota não falou mais nada. Arregalou os olhos, pôs a mão no rosto e olhou para a mãe.

Harue baixou a mão, deu um suspiro profundo, relaxou os ombros e disse calmamente:

— Não temos o que fazer. Somos uma família, não temos como escapar disso.

Tanto Ryuhei quanto Miyuki não esperavam aquelas palavras. Vendo a filha calada, a mãe repetiu o que disse:

— Somos uma família, não temos como escapar disso.

Miyuki desviou o olhar da mãe, mas sua expressão já não era de alguém descontente.

— Filha, você queria ver como o gato ia reagir, não queria?

— Que seja...

— Se fosse eu, iria querer ver.

Miyuki voltou o olhar para a mãe, que continuou falando:

— Isso mesmo. Eu queria ver como Meowth reagiria se a manta de que ele tanto gosta desaparecesse.

A filha nada falou, mas Ryuhei pensou que o silêncio de Miyuki era uma forma de aceitar o que ouvia.

— Mas — Harue continuou falando — o gato deve se sentir aflito. Deve ficar muito angustiado.

— É?

— Sim. E é isso que difere os humanos dos gatos.

— Como assim?

— Quando os gatos perdem algo importante, só ficam aflitos. Os humanos são diferentes. Mesmo perdendo coisas importantes, guardam elas na memória e encontram outras

No pet shop, disseram a Ryuhei que os gatos de aluguel conseguiam dormir na casa de donos provisórios por causa de suas mantas.

— E daí? Não é pra tanto.

— Miyuki... Você não sabe o que está dizendo.

— Sei, sim! Qual a necessidade de uma manta? Quem precisa de uma coisa assim?!

— Miyuki! — ralhou Ryuhei. Harue se virou e tentou impedir que o marido discutisse com a filha, mas ele continuou: — Se não quer mudar de casa, tudo bem. Se quiser odiar seu pai, pode odiar à vontade! Mas não fique descontando sua raiva... em alguém mais fraco que você!

— Pai, você está fazendo a mesma coisa!

— Que conversa é essa?!

— Como você é um fracasso, foi demitido e estamos tendo que vender nossa casa... Yota e eu somos os mais prejudicados com isso! Não tem sentido trazer um gato de aluguel pra cá!

O pai baixou a guarda e perdeu a voz. A crítica inescrupulosa de Miyuki atingiu-o em cheio.

— Se é pai, faça o que um pai deve fazer! Pare de nos humilhar!

Ryuhei baixou os olhos e mordeu os lábios. A frustração e a raiva foram direcionadas para ele, mesmo que não tivesse como revidar.

— Não tem sentido alugar um gato! É só para satisfazer seu egoísmo! Não foi para mim e para Yota...

Antes que Miyuki terminasse de falar, ecoou um som de tapa. Harue tinha dado uma bofetada no rosto da filha.

— Pare com isso.

— Estou dizendo que não tirei! Não mexi na caixa! Tenho certeza!

Ryuhei e Harue se entreolharam. Só havia uma possibilidade.

Yota desabou em lágrimas.

— Espere um pouco — disse o pai, pondo-se de pé.

— Deixe que eu falo com ela — interveio a mãe.

— Tudo bem. Mas eu vou junto.

— Fique cuidando dos machucados de Yota.

— Mas...

— Se você aparecer, vai ser pior... Pode deixar comigo — disse a mãe, afastando-se.

Nesse momento, ouviram-se passos descendo a escada. Harue parou e Ryuhei ficou tenso. Logo Miyuki apareceu na porta.

— É sobre a manta do gato, não é? — perguntou a menina, a voz fria e desafiadora.

— Você sabe onde ela está? — indagou a mãe.

— Aham — respondeu a garota, inclinando um pouco a cabeça. Então, rindo, completou: — Joguei fora.

— Jogou... fora? Onde?

— No parque. Sabe aquele matagal? Joguei assim: *vupt!*

Ela riu, sem um pingo de arrependimento. Na verdade, parecia testar os pais, desafiando-os.

Ryuhei respirou fundo e, contendo as emoções, perguntou:

— Por que você fez isso?

— Ela estava fedorenta.

— É o cheiro do gato. Eu avisei que Meowth precisa da manta dele.